1
Take Me, I'm Yours
One Punch Rabbit
RoseBean
KBOOKS
W0243527

Take Me, I'm Yours

Sommaire

Chapitre 01

Take Me, I'm Yours

GROUPE BAEKKYUNG
BAEKKYUNG
C'EST LA VOITURE DE LA DIRECTRICE GÉNÉRALE !
FLASH
CRIIII !
FLASH
MADAME NAM, COMMENT SE PORTE LE DIRECTEUR EXÉCUTIF JI-AN NAM ?
FLASH
IL S'EST DÉJÀ ÉCOULÉ PAS MAL DE TEMPS DEPUIS L'ACCIDENT !
CLAC
EST-CE VRAI QU'IL EST TOUJOURS DANS LE COMA ?
CLAC
DE GRAVES RÉPERCUSSIONS SONT-ELLES VRAIMENT À CRAINDRE POUR LA DIRECTION DE LA SOCIÉTÉ ?!
FLASH
QUEL EST L'AVIS DE SON MÉDECIN ?
FLASH

Y A-T-IL LA MOINDRE CHANCE QUE M. NAM REPRENNE CONSCIENCE ?!
STOP
MADAME, VOUS DEVRIEZ RENTRER.
FWIP !
MON FRÈRE EST...!
IL EST VRAI QUE M. NAM EST POUR L'HEURE INCONSCIENT...
MAIS TOUTE L'ÉQUIPE MÉDICALE EST MOBILISÉE POUR TENTER DE LE RÉANIMER.
NOUS ALLONS BIENTÔT PUBLIER UN COMMUNIQUÉ OFFICIEL, ALORS JE VOUS PRIE DE PATIENTER.
DANS CE CAS...

SI PAR MALHEUR, M. NAM NE DEVAIT PLUS JAMAIS REPRENDRE CONNAISSANCE...
QU'ADVIENDRAIT-IL DE LA SUCCESSION DU GROUPE BAEKKYUNG ?
FLASH
EST-CE QUE SA GESTION SERAIT CONFIÉE À UN EXPERT, COMME C'EST LE CAS À L'HEURE ACTUELLE ?
FLASH
VEUILLEZ AUSSI NOUS DIRE UN MOT SUR CE POINT-LÀ !
BRR
BRR
BRR
MADAME...
RENTRONS, JE VOUS PRIE.

DING !
M. YOON.
OUI, MADAME ?
WIIIIIING...
VEUILLEZ TRANSMETTRE CECI À L'ENSEMBLE DES MÉDIAS.
JE NE TOLÉRERAI AUCUN COMMUNIQUÉ BASÉ SUR DE SIMPLES CONJECTURES.
TRÈS BIEN.
JE VAIS EN PARLER IMMÉDIATEMENT À LA DIRECTION DE LA COMMUNICATION.
HAA...
DIS-MOI...

JUSQU'À QUAND COMPTES-TU DORMIR COMME ÇA...?
BIP
TA PAUVRE SŒUR N'EN PEUT PLUS...
BIP
BIP...
JI-AN...
BIP...
BIP...
BIP...
WOUF...
WOUF...
ALLÔ ? C'EST BIEN L'AGENCE IMMOBILIÈRE ?
J'AIMERAIS RÉSILIER MON CONTRAT DE LOCATION, S'IL VOUS PLAÎT...

MADAME... NOS BUREAUX SONT DÉJÀ FERMÉS POUR AUJOURD'HUI. POURRIEZ-VOUS RAPPELER DEMAIN ?
HA HA HA ! JE N'AVAIS PAS VU QU'IL ÉTAIT SI TARD... JE VOUS PRIE DE M'EXCUSER...
MAIS IL EST QUELLE HEURE AU JUSTE, POUR QU'ILS FERMENT DÉJÀ...?
22:00
BRR
BRR
BRR
BRR
AH... 22 H... QUOI ?! IL EST DÉJÀ 22 H ? DANS CE CAS...
C'EST L'HEURE À LAQUELLE "CETTE CHOSE" APPARAÎT !!
AAAAAARGH...
JE VAIS DEVENIR FOLLE ! OH MON DIEU, FAITES QUE JE PUISSE RENTRER CHEZ MOI CE SOIR !!

HA HA HA...
301
FINALEMENT... J'AI RÉUSSI À RENTRER...
HA HA HA
MÊME SI... JE SUIS ENCORE DEVANT MA PORTE...
J'AI TROP PEUR ! J'AI TELLEMENT PEUR QUE JE N'OSE MÊME PLUS RENTRER CHEZ MOI !
POUAH
POUAH
POUAH
PEUT-ÊTRE QU'AUJOURD'HUI...
TOUT VA BIEN SE PASSER ?
FIOU...
GNN...
CELA DIT, JE NE SUPPORTERAI PAS DE RESTER UN JOUR DE PLUS DEHORS.
ET SI JE RENTRAIS JUSTE POUR ME CHANGER ? JE SENS SI MAUVAIS QUE ÇA ME DONNE ENVIE DE VOMIR...
C'EST UN REMÈDE QUI A FAIT SES PREUVES !
TADAM
J'AI REÇU CE TALISMAN D'UN CHAMAN TRÈS RÉPUTÉ, ALORS ÇA PEUT MARCHER...
ALLEZ, NE TE DÉGONFLE PAS, CHAN-YANG !! IL N'Y A QU'UNE CHOSE DONT TU DOIS AVOIR PEUR, C'EST DE LA RÉALITÉ !
CLING
GNIP
JE NE VAIS TOUT DE MÊME PAS RENONCER À UN DEUX PIÈCES QUE J'AI EU LA CHANCE DE LOUER POUR 260€ PAR MOIS, À CAUSE DE CE "TRUC DE RIEN DU TOUT" !!

MÊME SI JE DOIS ME BATTRE...
QU'ON EN FINISSE, UNE BONNE FOIS POUR TOUTES !!
OHÉ... IL Y A QUELQU'UN...?
CRIII...
AH...
DEVRAIT CONNAÎTRE UN RALENTISSEMENT.
HEIN ?! MAIS POURQUOI LA TÉLÉ EST ALLUMÉE ?
BRR
BRR
BRR
BRR
JE SUIS POURTANT ABSOLUMENT SÛRE DE NE PAS Y AVOIR TOUCHÉ AVANT DE SORTIR !!
AAAAAHH

HA HA HA... J'AI DÛ APPUYER SUR LA TOUCHE "PROGRAMMER"... C'EST SÛREMENT ÇA...
REFUSE DE VOIR LA RÉALITÉ EN FACE
HÉ HÉ HÉ
COMMENT AURAIT-ELLE PU S'ALLUMER TOUTE SEULE SI JE NE L'AI PAS FAIT MOI-MÊME ? HA HA HA HA !
PASSONS À L'INFORMATION SUIVANTE.
ALORS QUE JI-AN NAM, LE DIRECTEUR EXÉCUTIF DU GROUPE BAEKKYUNG, SE TROUVE TOUJOURS DANS LE COMA...
BAEKKYUNG
FLASH SPÉCIAL JI-AN NAM TOUJOURS DANS LE COMA... LE GROUPE BAEKKYUNG EN CRISE.
HEIN ?!
LES ACTIONS DU GROUPE CONTINUENT DE CHUTER...
IL ME SEMBLE...
IL ME SEMBLE AVOIR DÉJÀ VU CE VISAGE QUELQUE PART...

JE NE L'AI JAMAIS RENCONTRÉ... MAIS ALORS OÙ EST-CE QUE...?
FRRRR
FSSHHHH...

FSSHHHH..

FLAP
AH...
SSHHHH
EST-CE QUE TU ARRIVES À ME VOIR, MAINTENANT ?
SSHH...
CHAN-YANG JUNG ?
MON DIEU...
MAIS... C'EST...
BRR
BRR
BRR
BRR

UN...
UN FANT...
ALORS, DANS
CE CAS...
BRR
BRR
BRR
BRR
UN
FANTÔ...
NOUS ALLONS
POUVOIR DISCUTER.
TA
DAM
C'EST UN
FANTÔME !

TU SAIS DEPUIS COMBIEN DE TEMPS JE T'ATTENDS, CHAN-YANG ?
HORS DE MA VUE, SALE FANTÔME !

MOUHAHAHAHAHAHA

Chapitre 02

Take Me, I'm Yours

MAIS ALORS...
POURQUOI... LUI, LÀ-BAS... ET...
BRR
BRR
ET... ET CETTE... CHOSE...
BRR
BRR
VOUS ÊTES PAREILS !! COMMENT C'EST POSSIBLE, HEIN ?!
SSSHHHHH

BRR
BRR
BRR
BRR
BRR
HAAA...
HAA...
BIEN SÛR, JE COMPRENDS TOUT À FAIT QUE TU SOIS SOUS LE CHOC, MAIS...
COMME TU PEUX LE CONSTATER...
JE NE SUIS PAS NON PLUS DANS UNE SITUATION FACILE...
HEU... AAAH !!
SSHH
N'A... N'A...!
!!
TCHAC
N'APPROCHE PAS... AAAAH !!

DI...
DISPARAIS !
OOOOOH
AAAAH
DISPARAIS, ESPRIT DU MAL !!
?!
CHAN-YANG.
HAA...
JE TE PRIERAIS DE NE PAS ME COLLER DE TRUCS BIZARRE DESSUS.
SCRIIITCH
ARRRGL

FRSH
EUH...
AAAAAH...
ÇA Y EST...
C'EST LA FIN...
FINALEMENT...
SNIF
SNIF
C'EST AINSI
QUE MA VIE
SE TERMINE...
ADIEU, MONDE CRUEL...

SSHH
HEIN ?!
AS-TU DÉJÀ OUBLIÉ ?
QUOI... ?

OUBLIÉ ? COMMENT ÇA... MOI, JE...
JE NE T'AI... JAMAIS VU... DE MA VIE...

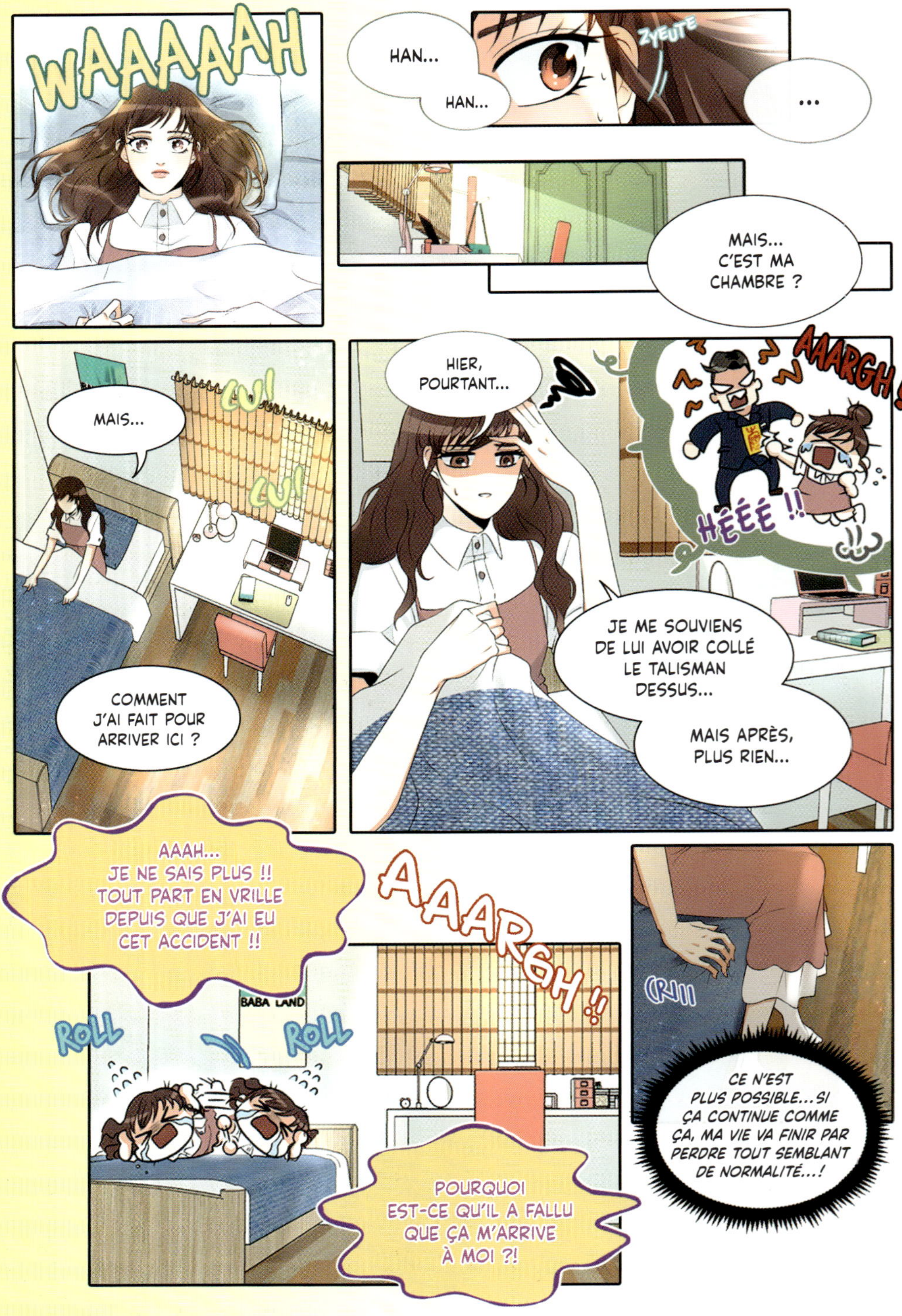
WAAAAAH
HAN...
HAN...
ZYEUTE
...
MAIS... C'EST MA CHAMBRE ?
MAIS...
CLI!
CLI!
COMMENT J'AI FAIT POUR ARRIVER ICI ?
HIER, POURTANT...
AAARGH !
HÉÉÉ !!
JE ME SOUVIENS DE LUI AVOIR COLLÉ LE TALISMAN DESSUS...
MAIS APRÈS, PLUS RIEN...
AAAH... JE NE SAIS PLUS !! TOUT PART EN VRILLE DEPUIS QUE J'AI EU CET ACCIDENT !!
AAARGH !!
BABA LAND
ROLL
ROLL
POURQUOI EST-CE QU'IL A FALLU QUE ÇA M'ARRIVE À MOI ?!
CRIII
CE N'EST PLUS POSSIBLE... SI ÇA CONTINUE COMME ÇA, MA VIE VA FINIR PAR PERDRE TOUT SEMBLANT DE NORMALITÉ...!

CE SOIR, JE VAIS ALLER DORMIR CHEZ MI-HYE OU CHEZ MAMAN... SI JE RESTE ICI SANS RIEN FAIRE, JE VAIS PERDRE LES PÉDALES...
PLIC
PLOC
C'EST À CETTE HEURE-CI QUE TU TE LÈVES ?
CRIII
AH... EN FAIT... C'EST PARCE QUE J'AI FAIT UN CAUCHEMAR...
VA PRÉPARER LE DÉJEUNER. J'AI ENVIE DE SAUMON FUMÉ.
FFH
J'AI PAS CE GENRE DE CHOSE CHEZ MOI...
HEIN ? MAIS QUI N'EN A PAS ? TU PEUX ME GRILLER DES NOIX DE CAJOU, ALORS ?
TCHAC
AH, PARCE QUE TU CROIS QUE J'AI ÇA ?
CE FRIGO, C'EST JUSTE POUR DÉCORER ?
GLOU
GLOU
FLAP...
EN FAIT, J'Y CULTIVE DES MOISISSURES...
!!
PFFFT
MAIS QU'EST-CE QUI TE PREND ? C'EST DÉGOÛTANT...

AAAARGH !!
MAIS QU'EST-CE QUE ÇA VEUT DIRE ?!
BAM
TADAM
QU'EST-CE QUE TU FAIS INSTALLÉ CONFORTABLEMENT SUR MON CANAPÉ EN PLEIN JOUR ?
FIOU... TU NE PENSES PAS QU'IL SERAIT TEMPS D'ARRÊTER D'AVOIR PEUR DE MOI, CHAN-YANG ?
TAC...
BON. AU MOINS, TU NE DIS PLUS QUE JE SUIS UN FANTÔME. C'EST GRÂCE AUX INFOS D'HIER, N'EST-CE PAS ?
FLAP
FLAP
MAINTENANT QUE TU SAIS QUE JE N'EN SUIS PAS UN, TU PEUX PEUT-ÊTRE ME DONNER L'OCCASION DE M'EXPLIQUER.
EH... EUH... VOUS !! QU'EST-CE QUE JE T'AI FAIT POUR MÉRITER ÇA ?!

SSHH
TU DOIS SAVOIR QUI JE SUIS, N'EST-CE PAS ?
C'EST VRAI... JI-AN NAM... C'EST LE DIRECTEUR EXÉCUTIF DU GROUPE BAEKKYUNG, ACTUELLEMENT DANS LE COMA...
JI-AN NAM TOUJOURS DANS LE COMA... LE GROUPE BAEKKYUNG EN CRISE.
FRRRR
J'AI BIEN ENTENDU HIER AUX INFOS QU'IL ÉTAIT DANS LE COMA...
MAIS CE QUE J'AIMERAIS SAVOIR, C'EST POURQUOI L'ESPRIT D'UNE PERSONNE QUI N'A AUCUN LIEN AVEC MOI EST ASSIS SUR MON CANAPÉ !
POUC
SI ÇA SE TROUVE... C'EST PEUT-ÊTRE UN HOLOGRAMME CONÇU PAR LE GROUPE BAEKKYUNG ? OU UNE CAMÉRA CACHÉE HIGH-TECH ? MAIS UN ESPRIT ?! C'EST DU GRAND N'IMPORTE QUOI !
FIOU...
...
JE VOIS QUE TU NE TE SOUVIENS DE RIEN.
NEW O₂

FRRRR
TU T'ES RETROUVÉE PLONGÉE DANS LE COMA PENDANT DEUX SEMAINES SUITE À UN ACCIDENT.
FSSHHHH
?!
SOUVIENS-TOI... LE JOUR OÙ UN TYPHON A FRAPPÉ LE PAYS, TU AS ÉTÉ HOSPITALISÉE APRÈS AVOIR ÉTÉ HEURTÉE PAR UN PANNEAU QUI S'ÉTAIT DÉTACHÉ.
PAF
AÏE !
C'EST BIEN ÇA, N'EST-CE PAS ?
MAIS... COMMENT EST-CE QUE...
CHAN-YANG...
SSSSH
?!

VOYONS, C'EST JUSTEMENT PARCE QUE TU M'AS BASSINÉE AVEC TON HISTOIRE QUE JE SAIS TOUT ÇA.
TOC
TOC
COMME ON S'EST RETROUVÉS SEULS AU MONDE, ON N'A PAS ARRÊTÉ DE DISCUTER. MÊME SI, EN RÉALITÉ, JE NE FAISAIS QUE T'ÉCOUTER.
C'EST PAS... PAS POSSIBLE...
MAIS OÙ EST-CE QU'ON A PU...?
BRR
BRR
DIS-MOI, DANS LA BOÎTE OÙ TU TRAVAILLES, TU NE PEUX PAS BLAIRER TA CHEFFE, NON ?
ELLE PROFITE DU FAIT QUE TU SOIS EN CDD POUR TE SAPER LE MORAL ET TE RIDICULISER SANS ARRÊT.
BA BOUM
TAP
TAP

ET PUIS, MI-HYE, TON AMIE DE LONGUE DATE, A UN CHIEN NOMMÉ KKAMJI...
SANS PARLER DE CE RESTAURANT PRÈS DE CHEZ TOI QUI VEND DU PIED DE PORC ÉPICÉ DONT TU RAFFOLES.
EST-CE QUE JE ME TROMPE ?
TU VEUX QUE JE CONTINUE ?
BRR
MAIS... MOI... JE NE ME SOUVIENS VRAIMENT PAS DE VOUS AVOIR RENCONTRÉ... COMMENT POUVEZ-VOUS SAVOIR TOUT ÇA...?
POURTANT...
NOUS NOUS SOMMES DÉJÀ RENCONTRÉS.

D'AILLEURS...
NOUS SOMMES RESTÉS ENSEMBLE PENDANT LONGTEMPS.
SEULEMENT, LE LIEU DE NOTRE RENCONTRE...
N'ÉTAIT PAS DANS CE MONDE-LÀ...
MAIS SUR LE CHEMIN QUI MÈNE VERS L'AU-DELÀ.
BA BOUM

TU LE CONNAIS, LE CHEMIN DE L'AU-DELÀ ?!
JE NE VEUX RIEN SAVOIR !

MOUHAHAHAHAHAHA

Chapitre 03

Take Me, I'm Yours

SSHH
LE... LE CHEMIN DE L'AU-DELÀ ?
VOUS DÎTES QU'ON S'EST RENCONTRÉS...
SUR LE CHEMIN DE L'AU-DELÀ...?
OUI.
PENDANT LES TROIS JOURS DURANT LESQUELS TU ÉTAIS INCONSCIENTE...
ON A ARPENTÉ LE CHEMIN DE L'AU-DELÀ CÔTE À CÔTE.
ON ÉTAIT MÊME... TRÈS PROCHES.

AAH...
JE COMPRENDS TOUT À FAIT QUE ÇA SOIT DIFFICILE À CROIRE. MOI-MÊME, J'AI ENCORE DU MAL À SAISIR CE QU'IL S'EST RÉELLEMENT PASSÉ.
ON A DONC ERRÉ DE LONGUES HEURES SUR CE CHEMIN...
ET PUIS, QUAND JE SUIS REVENU DANS CE MONDE APRÈS T'AVOIR SUIVIE...
J'AI RÉALISÉ QU'IL NE S'ÉTAIT ÉCOULÉ QUE TROIS JOURS DEPUIS L'ACCIDENT.
JE DOIS T'AVOUER QUE MOI AUSSI, J'AI ÉTÉ SURPRIS.
MAIS ALORS... POURQUOI...
PENDANT QUE VOTRE CORPS EST À L'HÔPITAL... COMMENT SE FAIT-IL QUE VOUS VOUS RETROUVIEZ À ERRER CHEZ MOI ?
ET PUIS, POURQUOI ÊTES-VOUS VENU ME RETROUVER, ALORS QUE JE NE ME SOUVIENS DE RIEN ?
NE ME DITES PAS QUE C'EST JUSTE PARCE QU'ON ÉTAIT PROCHES QUAND ON ÉTAIT LÀ-BAS ?
BABOUM
EN VÉRITÉ... C'EST PARCE QUE C'EST À MOI QUE TU DOIS D'ÊTRE ENCORE EN VIE.
!!

QUE... QUE VOULEZ-VOUS DIRE ?
C'EST À VOUS QUE JE DOIS D'ÊTRE ENCORE EN VIE ?
QUAND NOUS SOMMES ARRIVÉS AU BOUT DU CHEMIN DE L'AU-DELÀ, CELUI QUI EN GARDAIT L'ENTRÉE NOUS A BARRÉ LE PASSAGE.
L'UN D'ENTRE VOUS N'EST PAS ENCORE MORT. S'IL NE VEUT PAS ERRER EN ENFER, IL DOIT DE CE PAS RETOURNER DANS LE MONDE DES VIVANTS...
QUANT À L'AUTRE, SON SORT ÉTANT INCERTAIN...
IL DOIT ATTENDRE QUE LA LISTE DES MORTS SOIT PUBLIÉE PAR L'AUTRE MONDE.

D'APRÈS LE CALENDRIER DE CE MONDE, CETTE LISTE DOIT ARRIVER DANS TROIS MOIS.
C'EST À CE MOMENT-LÀ QUE LE SORT DE LA DEUXIÈME PERSONNE SERA SCELLÉ.
ATTENDEZ... ALORS, POUR RÉSUMER...
JE SUIS EN VIE, DONC ÇA SIGNIFIE QUE JE NE SUIS PAS MORTE ET QUE JE SUIS REVENUE...
QUANT À VOUS, COMME ON NE SAIT PAS ENCORE SI VOUS ALLEZ VIVRE OU MOURIR, ON VOUS A DIT D'ATTENDRE... C'EST BIEN ÇA ?
MAIS ALORS POURQUOI VOUS DITES QUE JE VOUS DOIS LA VIE ?
C'ÉTAIT MOI.
PARCE QUE CELUI DE NOUS DEUX QUI N'ÉTAIT PAS MORT...
QUOI...?

JE TE L'AI DIT.
LA PERSONNE QUI
N'ÉTAIT PAS MORTE,
C'ÉTAIT MOI !
TADAM
ET CELLE
DONT LE SORT
N'ÉTAIT PAS ENCORE
SCELLÉ, C'ÉTAIT TOI,
CHAN-YANG.
ÇA SIGNIFIE
DONC QUE JE
T'AI RENVOYÉE ICI
À MA PLACE...
SSHHH
DANS NOTRE
MONDE.
AH...
PFF !
ÇA TE FAIT
RIRE ?!

NON MAIS VOUS AVEZ BIEN DIT QUE VOUS M'AVEZ RENVOYÉE ICI À VOTRE PLACE ?
POU HA HA
ON N'EST PAS DANS UN DRAMA, TOUT DE MÊME...
À L'ENTRÉE DU PASSAGE QUI MÈNE SOIT À LA VIE, SOIT À LA MORT ?
ÇA NE TIENT PAS DEBOUT, VOTRE HISTOIRE ! POUR QUELLE RAISON VOUS M'AURIEZ CÉDÉ VOTRE PLACE ?
OUI, POURQUOI ?
N'A PLUS PEUR DE RIEN
FSSHHH
POUR QUELLE RAISON ET SELON QUELLE LOGIQUE ?
EH BIEN...
...

TU N'AS PAS ARRÊTÉ DE PLEURER, AU POINT QUE TU AVAIS LE NEZ QUI COULAIT, EN ME DISANT QUE TU ALLAIS SÛREMENT ÊTRE VIRÉE DE TA BOÎTE, RAPPELLE-TOI ! ET QUE SI TU VENAIS À MOURIR, TES COMPTES BANCAIRES RESTERAIENT DÉBITEURS, OU ENCORE QUE TU N'AURAIS PLUS L'OCCASION DE REPARTIR À ZÉRO, ET QUE SAIS-JE ENCORE !
CHAN-YANG ! MÊME À LA FRONTIÈRE DE LA VIE ET DE LA MORT, TU NE POUVAIS PAS T'EMPÊCHER D'ÊTRE PATHÉTIQUE !!
LE DÉSESPOIR DE L'EMPLOYÉE EN CDD
PAF
FWIP
AH... AH... C'EST VRAI ? JE... JE VOUS AI DONC FAIT L'ÉTALAGE DE MES MALHEURS... MAIS À QUOI BON ? À PEINE M'AVEZ-VOUS SAUVÉ LA VIE ET PERMIS DE RETROUVER MON TRAVAIL QUE J'AI APPRIS QUE J'ÉTAIS VIRÉE LE LENDEMAIN. C'EST QU'ILS N'ONT PAS PERDU DE TEMPS POUR ME REMPLACER PENDANT MON ABSENCE...
JE LE SAIS. JE VOIS BIEN COMMENT TU PASSES TES TES JOURNÉES SUR TON TÉLÉPHONE À CHERCHER DU TRAVAIL.
AARGH
JE... JE VOUS INTERDIS DE M'ÉCOUTER EN CACHETTE !!

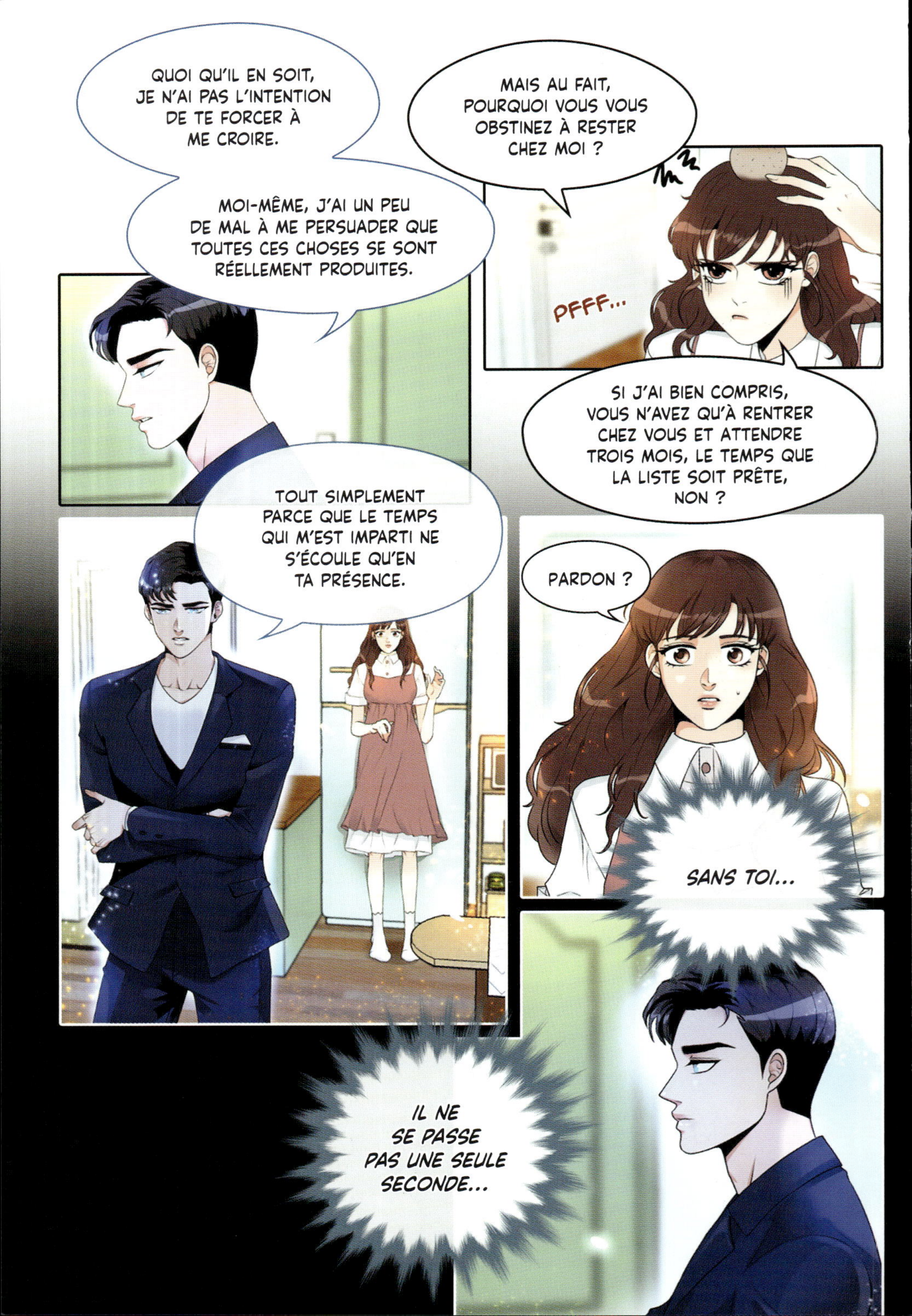
QUOI QU'IL EN SOIT, JE N'AI PAS L'INTENTION DE TE FORCER À ME CROIRE.
MOI-MÊME, J'AI UN PEU DE MAL À ME PERSUADER QUE TOUTES CES CHOSES SE SONT RÉELLEMENT PRODUITES.
MAIS AU FAIT, POURQUOI VOUS VOUS OBSTINEZ À RESTER CHEZ MOI ?
PFFF...
SI J'AI BIEN COMPRIS, VOUS N'AVEZ QU'À RENTRER CHEZ VOUS ET ATTENDRE TROIS MOIS, LE TEMPS QUE LA LISTE SOIT PRÊTE, NON ?
TOUT SIMPLEMENT PARCE QUE LE TEMPS QUI M'EST IMPARTI NE S'ÉCOULE QU'EN TA PRÉSENCE.
PARDON ?
SANS TOI...
IL NE SE PASSE PAS UNE SEULE SECONDE...

ZYEUTE
ZYEUTE
VOUS VOULEZ DIRE... QUE LE TEMPS NE S'ÉCOULE QUE QUAND VOUS ÊTES À MES CÔTÉS ?
MAIS POURQUOI...?
EH, MOI AUSSI, JE SUIS UNE VICTIME DANS CETTE HISTOIRE. JE NE SAIS PAS TOUT NON PLUS !
FWIP
AAARGH !!
AAH ! IL M'A FAIT PEUR...
DE NOUVEAU PEUREUSE
AH... OUI... BIEN SÛR...!
J'IGNORE SI C'EST PARCE QUE NOS DESTINS SE SONT INVERSÉS...
MAIS DÈS QUE TU N'ES PLUS À PROXIMITÉ, LE TEMPS S'ARRÊTE. QU'EST-CE QUE JE PEUX Y FAIRE ?
SI JE VEUX AUGMENTER MES CHANCES DE ME RÉVEILLER DANS MON CORPS...
JE N'AI PAS D'AUTRE CHOIX QUE DE TE COLLER AUX BASQUES.

TU DEVRAIS COMMENCER PAR M'APPELER PAR MON NOM.
AH...
OUPS
M. JI-AN... NAM... AH... M. LE DIRECTEUR EXÉCUTIF... JI-AN... NAM...
BREF, C'EST DONC PARCE QUE NOUS AVONS ÉCHANGÉ NOS DESTINS...
QUE LES TROIS MOIS QUE J'AVAIS DEVANT MOI SE SONT ENVOLÉS.
IL EST POSSIBLE QUE TU NE T'EN SOUVIENNES PAS...
MAIS QUAND JE T'AI RENVOYÉE DANS CE MONDE, TU M'AS FAIT UNE PROMESSE.
MÊME SI TU L'AS OUBLIÉE, CONSIDÈRE-LA COMME LE PRIX DE TA DETTE ENVERS MOI, ET TÂCHE DE LA TENIR.
MAIS... QUELLE PROMESSE ?

QUELQU'UN A TENTÉ DE ME TUER.
GLOUP
!!
LES INFOS ONT PARLÉ D'UN ACCIDENT...
MAIS EN RÉALITÉ, C'ÉTAIT BIEN UNE TENTATIVE DE MEURTRE DÉGUISÉE.
LE JOUR DE L'ACCIDENT... J'AI ÉTÉ APPELÉ SUBITEMENT AU BUREAU...
SHH
ET MON CHAUFFEUR PERSONNEL A SOUDAIN EU UN ACCIDENT, COMME PAR HASARD, LE MÊME JOUR...
CE QUI M'A CONTRAINT À PRENDRE LE VOLANT D'UNE VOITURE QU'UNE MAIN SUSPECTE AVAIT TRAFIQUÉE.
TOUT CELA PROUVE QU'IL S'AGIT D'UN CRIME MINUTIEUSEMENT PLANIFIÉ.

SST
SST
MAIS COMMENT UNE TELLE CHOSE...
COMMENT POURRAIS-JE RESTER ALLONGÉ SANS RIEN FAIRE...
ALORS QUE QUELQUE PART, QUELQU'UN ESSAIE DE ME TUER ?
FSSHHHH
POUC
ALORS...
CLONK
AAAH !!
PENDANT LES TROIS MOIS QU'IL NOUS RESTE, JE TE PROPOSE, CHAN-YANG...

DE RETROUVER LE CRIMINEL, COMME TU ME L'AS PROMIS.
BA
BOUM

ET SI ON DONNAIT UN NOM À NOTRE ÉQUIPE ?
QUI A DIT QUE J'ÉTAIS D'ACCORD ?

MOUHAHAHAHAHAHA

Chapitre 04

Take Me, I'm Yours

SINWOO DÉVELOPPEMENT
DRIIIING...
TAC
TAC
TAC
CHAN-YANG, TU PEUX ME PHOTOCOPIER CE DOSSIER EN SIX EXEMPLAIRES ?
FROUTCH
...
CHAN-YANG, TU M'ENTENDS ? JE T'AI DEMANDÉ DE FAIRE DES PHOTOCOPIES.

RAPLAPLA
BA
BOUM
HEU...
AAAAH...
SI J'AI BIEN COMPRIS...
IL Y A QUELQU'UN DANS VOTRE SOCIÉTÉ QUI A TENTÉ DE VOUS TUER...
ET DU COUP, VOUS VOULEZ QUE JE ME FASSE... EMBAUCHER AU SEIN DU GROUPE BAEKKYUNG POUR RETROUVER LE COUPABLE ? AVEC VOTRE AIDE...?
MAIS... ÇA VA PAS ?! COMMENT QUEL-QU'UN COMME MOI POURRAIT...
JE VEUX DIRE... COMMENT JE POURRAIS INTÉGRER UNE GROSSE BOÎTE COMME LE GROUPE BAEKKYUNG ?!

TU VAS TRAVAILLER DANS MA SOCIÉTÉ COMME UNE FAUSSE EMPLOYÉE PENDANT TROIS MOIS...
TU SERAS UNE EMPLOYÉE DÉGUISÉE !
WIP
!!
ET SUIVRE À LA LETTRE MES INSTRUCTIONS.
TU NE CROIS PAS ?
JE T'AI SAUVÉ LA VIE, DONC C'EST LA MOINDRE DES CHOSES QUE TU PUISSES FAIRE POUR MOI, NON ?
MAIS COMMENT VEUX-TU QUE J'ENTRE DANS CETTE BOITE ?!
HOP
HOP
TU TE FOUS DE MOI, HEIN ?!
EN FIN DE COMPTE, J'AI REFUSÉ, MAIS...

NON MAIS J'HALLUCINE... IL EST FOU D'EXIGER DE MOI UN TRUC AUSSI ÉNORME ALORS QUE JE N'AI AUCUN SOUVENIR DE CE QU'IL S'EST PASSÉ !
QUI PLUS EST, JE N'AI AUCUN MOYEN DE SAVOIR S'IL A VRAIMENT DIT LA VÉRITÉ SUR LES ÉVÉNEMENTS DE L'AU-DELÀ, DONC JE NE PEUX PAS NON PLUS FONCER TÊTE BAISSÉE...!
CHAN-YANG !
AAAAAH !
MA PAROLE ! PARCE QUE C'EST TON DERNIER JOUR, TU TE PERMETS DE ME SNOBER OUVERTEMENT ? TU TE CROIS DONC TOUT PERMIS, HEIN ?!
AAH !
FLIT
NON... MONSIEUR ! JE VOUS PRIE DE M'EXCUSER. CE N'ÉTAIT PAS MON INTENTION !
LAISSE TOMBER ! DÉPÊCHE-TOI DE ME FAIRE CES SIX PHOTOCOPIES ET DE LES APPORTER EN SALLE DE RÉUNION !
TRÈS BIEN...
AH LÀ LÀ... DÉJÀ QUE J'AI DU MAL À ASSURER DANS MA BOÎTE ACTUELLE...

IL N'Y A DÉCIDÉ-MENT RIEN QUE JE SACHE FAIRE COR-RECTEMENT...
TAC
ALORS COMMENT EST-CE QUE JE POUR-RAIS INTÉGRER UNE TELLE ENTRE-PRISE ?!
ALORS CHAN-YANG, C'EST TON DERNIER JOUR ?
WIIING
SLURP
WIIING
JE VAIS SÛREMENT ÊTRE LA RISÉE DE TOUT LE MONDE ET ME COUVRIR DE HONTE !!
GRRR...
RAAH... CETTE VOIX HORRIPILANTE POUR LAQUELLE JE N'AI PAS LA MOINDRE ONCE D'AFFECTION...
CETTE PESTE DE MADEMOISELLE PARK, MA CHEFFE !!
C'EST VRAI QUE LA BOÎTE N'A PAS VOULU PROLONGER TON CONTRAT ?
VOUS SAVEZ BIEN QUE QUELQU'UN A ÉTÉ RECRUTÉ POUR OCCUPER MON POSTE DURANT MON ABSENCE.
AH BON ? AU FAIT, TU SAIS S'IL Y A UNE PRIME DE DÉPART POUR LES CDD ? COMME JE SUIS EN CDI, JE NE SAIS PAS TROP...

AH LÀ LÀ... TU DOIS SONGER À TE CHERCHER À LA FOIS UN MARI ET UN NOUVEL EMPLOI... QUAND COMPTES-TU GAGNER ASSEZ D'ARGENT POUR POUVOIR TE MARIER, HEIN ? N'OUBLIE PAS QUE TU SERAS BIENTÔT TRENTENAIRE.
HA HA... MERCI DE VOUS INQUIÉTER POUR MOI.
DIRECTEUR ! ON N'A PAS PRÉVU DE POT DE DÉPART POUR CHAN-YANG ? APRÈS TOUT, MÊME LES CDD FONT PARTIE DE LA FAMILLE, NON ?!
ET TOI, TU NE VAS PAS SUR TES 30 ANS, PEUT-ÊTRE ?
?!
MAIS QU'EST-CE QU'IL LUI PREND ?!

HUM HUM...
PFFF, IL N'A VRAIMENT AUCUN CŒUR.
C'EST NORMAL D'ORGANISER UN POT DE DÉPART... C'EST DE LA DISCRIMINATION, TU NE TROUVES PAS ?
FRANCHEMENT, ILS ABUSENT...
JE T'AURAIS BIEN OFFERT UNE BIÈRE, MAIS JE DOIS ALLER À MON RENDEZ-VOUS MANUCURE, ALORS...
JE SUIS SÛRE QUE TU TROUVERAS UNE BONNE PLACE EN CDD SI TU CHERCHES BIEN. ALLEZ COURAGE, CHAN-YANG.
AH, AU FAIT, TU PEUX ME JETER ÇA EN SORTANT ?
S'IL-TE-PLAÎT...
CRIII...

GNN
MADEMOISELLE PARK.
SSHH
QUOI ? TU ES ENCORE LÀ ? TU AS QUELQUE CHOSE À ME DI...
QU'EST-CE QUE TU VEUX ?
QU'EST-CE QUE TU AS À ME FIXER COMME ÇA, HEIN ?

COMME VOUS VOUS INQUIÉTEZ TANT POUR MOI, J'AI PENSÉ QU'IL ÉTAIT PRÉFÉRABLE DE VOUS LE DIRE. EN FAIT, J'AI DÉJÀ RETROUVÉ DU TRAVAIL.
UN EMPLOI AU SIÈGE SOCIAL DU GROUPE BAEKKYUNG.
TA DAM
?!
AH, C'EST... C'EST VRAI ? TU AS ÉTÉ RAPIDE, DIS-MOI.
UN POSTE AU SIÈGE SOCIAL DE BAEKKYUNG, MÊME EN CDD, ÇA NE SE REFUSE PAS. JE TE FÉLICITE !
TAP
TAP
OH MAIS, JE NE VOUS CROYAIS PAS SI NAÏVE...
NYARK
DEPUIS QUAND BAEKKYUNG PROPOSE DES CDD ?
NYARK
HAHA...
NYARK
C'EST UN CONTRAT À DURÉE INDÉTERMINÉE. UN CDI !

PAUVRE DE VOUS... À FORCE DE RESTER AUSSI LONGTEMPS DANS UNE SOCIÉTÉ MINUSCULE, VOUS NE SAVEZ PAS COMMENT MARCHE LE MONDE.
RHAAA
DIS... DIS PAS N'IMPORTE QUOI ! COMMENT UNE FILLE COMME TOI POURRAIT ENTRER CHEZ BAEKKYUNG ?!
TU AS VRAIMENT CRU QUE TU ALLAIS ME FAIRE AVALER TES SALADES ?
HOP
HÉ HÉ...
CALMEZ-VOUS, VOYONS. JE VOUS APPELLERAI DÈS QUE J'AURAI REÇU MA CARTE DE VISITE. JE PASSERAI VOUS VOIR ET ON IRA PRENDRE UNE BIÈRE.
SSHHH
AH, J'OUBLIAIS...
VOUS AVEZ DES MAINS, QUE JE SACHE...
GNN
TU L'AS BU TOUTE SEULE, NON ? ALORS, JETTE-LE TOI-MÊME.
ALLEZ, PRENDS-ÇA !

HEIN ?!
AARRGH
QUOI...?
TU SAIS, IL N'EST PAS TROP TARD POUR T'EXCUSER. C'EST POUR TON BIEN QUE JE TE DIS ÇA. POUR QUE LES GENS ARRÊTENT DE CRACHER SUR TOI DANS TON DOS.
ET PUIS, JE TE LE DIS CAR TU SEMBLES ÊTRE LA SEULE À NE PAS ÊTRE AU COURANT, MAIS TOUT LE MONDE ICI TE SURNOMME "LANGUE DE VIPÈRE" EN SECRET.
AH, ET CERTAINS T'APPELLENT AUSSI "MISS FAUX-CUL".
TU AS COMPRIS ?
BON, C'EST PAS TOUT ÇA, MAIS JE DOIS Y ALLER. À BIENTÔT, MISS FAUX-CUL.
HI HI
HI HI
PAF
AAAAARRRRGH

OUAAAH !! CE QUE ÇA FAIT DU BIEN !!
...
KYAAAA
OUAH !! TOUT LE STRESS ACCUMULÉ DEPUIS DEUX ANS S'EST ENVOLÉ D'UN SEUL COUP !
ET COMMENT JE LUI AI CLOUÉ LE BEC EN BEAUTÉ À MISS FAUX-CUL... AH, C'ÉTAIT TROP BON !
SSHH
HOP
HOP
QUI AURAIT CRU QUE CE SATANÉ FANTÔME DU GROUPE BAEKKYUNG ME SERAIT UTILE ?!
HEIN...?

TA
DAM
POUC
MAIS... MAIS VOUS... VOUS N'APPARAISSEZ PAS QUE CHEZ MOI ? VOUS... VOUS ÊTES LÀ... DEPUIS QUAND, AU JUSTE ?
BRR
BRR
HAA...
DISONS... À PARTIR DU MOMENT OÙ TU AS MIS LA RACLÉE DE SA VIE À CETTE NANA.
TU AVAIS L'AIR SUPER MOTIVÉE À DEVENIR UNE EMPLOYÉE DU GROUPE BAEKKYUNG. CE N'ÉTAIT PAS POUR ME DÉPLAIRE !
ÇA SIGNIFIE QUE TU ACCEPTES, N'EST-CE PAS ?
ARGH !! J'AI TROP HONTE !!
MAIS... MAIS NON, CE N'EST PAS...
OH LA HONTE !
OH LA HONTE !
OH LA HONTE !

D'INTÉGRER
LE GROUPE
BAEKKYUNG...
GLOUPS...
GNNN
IL...
IL ME FAUT
ABSOLUMENT
LE BADGE DE LA
SOCIÉTÉ !!
TAP
TAP ..

MAIS BIEN SÛR.

TU VEUX
UN ÉTUI POUR
TON BADGE ?
ÇA IRA,
MERCI !!

MOUHAHAHAHAHAHA

Chapitre 05

Take Me, I'm Yours

BAEKKYUNG
VOICI LA LISTE DU PERSONNEL ISSU DE L'ÉLITE DE L'ENTREPRISE ALLEMANDE GÉRÉE PAR VOTRE FRÈRE.
QUI VOUS A COMMUNIQUÉ CETTE LISTE ?
IL S'AGIT D'UN DOCUMENT ULTRA-CONFIDENTIEL, CE QUI EXPLIQUE QU'IL AIT PROGRAMMÉ LUI-MÊME SON ENVOI SUR LA BOÎTE MAIL DE LA DIRECTION.
JE VEILLERAI À CE QUE SES AFFAIRES SOIENT GÉRÉES AVEC LE PLUS GRAND SOIN PENDANT DURANT TOUTE SON ABSENCE.

FLAP
ET ÇA, QU'EST-CE QUE C'EST ? UN RECRUTEMENT SPÉCIAL ?
NOM
CHAN-YANG JUNG
POINTS PARTICULIERS
CHAN-YANG JUNG...?
ELLE FERAIT DONC PARTIE DU CERCLE D'AMIS DE JI-AN ?
CETTE PERSONNE DOIT ÊTRE ENGAGÉE À COMPTER DE LUNDI PROCHAIN AVEC LE PERSONNEL D'ÉLITE ALLEMAND.
VOUS CROYEZ QU'IL S'EST LUI-MÊME CHARGÉ DE CE RECRUTEMENT PARCE QU'IL A TROP PEU CONFIANCE DANS LE PERSONNEL DE L'ENTREPRISE ?
J'AI CRU COMPRENDRE QU'ELLE AVAIT ÉTÉ PERSONNELLEMENT RECRUTÉE PAR MONSIEUR NAM DANS LE CADRE DU DÉVELOPPEMENT DES TECHNOLOGIES DE POINTE POUR LA GAMME DE PORTABLES "UNIQUE", ET EN PRÉVISION DU PROCHAIN SALON IFA QUI DOIT OUVRIR À BERLIN.
...

BON...
TAC...
JE SUPPOSE QU'IL NE L'A PAS AMENÉE AVEC LUI SANS RAISON VALABLE...
VEUILLEZ ME PROGRAMMER UN DÉJEUNER AVEC ELLE.
CRIII
J'EN SAURAI PLUS QUAND JE L'AURAI VUE EN PERSONNE.

AAAAHH !!
TING
TING
J… J'AI REÇU UN APPEL DU GROUPE BAEKKYUNG !!
!!
DING
DING
UN HÉRITIER DE CONGLOMÉRAT DE 3E GÉNÉRATION EN TRAIN DE SAVOURER UN MOMENT DE DÉTENTE
CRIII
J'AI ÉTÉ CONVIÉE À UN DÉJEUNER EN TÊTE-À-TÊTE AVEC LA DIRECTRICE GÉNÉRALE, HYUN-JOO NAM !!

ET ALORS ? PAS BESOIN DE T'EXCITER POUR SI PEU. CE SERA LA PREMIÈRE PERSONNE QUE TU VERRAS QUAND TU COMMENCERAS TON TRAVAIL LÀ-BAS.
MAIS C'EST VOTRE SŒUR, NON ? COMMENT VOULEZ-VOUS QUE JE GARDE MON CALME ALORS QUE JE DOIS RENCONTRER QUELQU'UN D'AUSSI HAUT PLACÉ ? JE N'AI AUCUNE IDÉE DE CE DONT ON VA PARLER !!
JE SERAI À TES CÔTÉS, ALORS POURQUOI T'INQUIÉTER ? TU FERAIS MIEUX DE TE FAMILIARISER AVEC TON FUTUR TRAVAIL, PLUTÔT !
PFFF...
MÊME SI JE SUIS LÀ, TU DOIS AVOIR LES BASES, NON ? ALLEZ, REVIENS T'ASSEOIR ICI !
TAP
TAP
MAIS POUR QUI IL SE PREND ?
OK... OK... J'AI COMPRIS !!
SI CE N'EST PAS DE LA TYRANNIE D'ULTRA-RICHE, QU'EST-CE QUE C'EST ?! C'EST CE GENRE D'INDIVIDU SANS SCRUPULE QUI SAIGNE À BLANC LES PETITES GENS COMME MOI !!
HA
HA
HA
VO... VOTRE SAUMON, VOTRE ALTESSE...
BRR
BRR
BRR
AH, SALE PARASITE !
AH, ET PUIS...
AH, ET PUIS CHANGE DE PORTABLE. MA SŒUR EST PLUS SUSCEPTIBLE QUE MOI, SI ELLE TE VOIT AVEC UNE MARQUE CONCURRENTE, ELLE RISQUE DE LE PRENDRE TRÈS MAL !
ET PUIS QUOI ENCORE ?! IL EN FAIT PAS UN PEU TROP, LÀ ? QUE JE CHANGE DE PORTABLE ? MAIS BIEN SÛR, VOTRE MAJESTÉ !
PIQUÉE AU VIF
FWIP
!!
KEEP OUT

TU FERAIS MIEUX DE PRENDRE UNE DOUCHE ! ET METS AUTRE CHOSE QUE CE T-SHIRT IDIOT. SI TU LE GARDES PLUSIEURS JOURS SANS TE CHANGER, C'EST S.A.L.E., TU NE PENSES PAS ?
POUAH
?!
MOUSE
BRAOUM
POUAH
C'EST À CAUSE DE QUI QUE JE N'AI PAS EU LE TEMPS DE SOUFFLER DEPUIS QUE JE ME SUIS FAIT VIRER ?!
ET QUE JE N'AI PAS PU ME DOUCHER DES JOURS DURANT À FORCE DE BOSSER JOUR ET NUIT !
JAMAIS JE NE LUI PARDONNERAI CES BASSES ATTAQUES PERSONNELLES !!
ET TOI, ALORS ? ÇA FAIT CINQ CHAPITRES QUE TU PORTES LES MÊMES FRINGUES, C'EST PAS SUPER HYGIÉNIQUE NON PLUS...!

TING
TING
TING
QUOI ?!
MAIS... MAIS EN FAIT, CE NE SONT PAS LES MÊMES VÊTEMENTS ?! COMMENT VOUS AVEZ FAIT POUR VOUS CHANGER...? VOUS ÊTES SÛR D'ÊTRE UN ESPRIT ?!
POUF
UN HOMME D'AFFAIRES SE DOIT DE TOUJOURS SOIGNER SON APPARENCE, TU SAIS. CELA DIT, JE NE ME CHANGERAI JAMAIS DEVANT TOI, ALORS NE T'INQUIÈTE PAS ET CONTENTE-TOI DE POTASSER POUR LE JOB.
"JI-AN NAM, PETIT-FILS DU FONDATEUR DU GROUPE BAEKKYUNG, A FAIT DANS SON FROC"... IL N'Y AURAIT PAS UN ARTICLE DE CE GENRE ?
POUF
RAAH... QUEL MONSTRE DE SUFFISANCE !! IL ME TAPE SUR LES NERFS !!
ALLEZ, CONCENTRE-TOI.
C'EST BON, J'AI COMPRIS.
TAC TAC TAC TAC
CE QU'IL PEUT ME GONFLER, ALORS !!

*NDT : GRAND CONGLOMÉRAT CORÉEN.

POURQUOI TU T'ES ARRÊTÉE DE LIRE ? TU N'AS PLUS DE BATTERIE ?
S'IL VOUS PLAÎT, PRÉVENEZ-MOI QUAND VOUS APPROCHEZ !
BRR
BRR
FSSHHHH
BRR
ET L'ESPACE VITAL, VOUS NE CONNAISSEZ PAS ? POURQUOI VOUS ÊTES AUTANT COLLÉ À MOI ?
TU DEVRAIS Y ÊTRE HABITUÉE À L'HEURE QU'IL EST, NON ?
HWIP
HWIP
HAA...
MAIS ÇA NE FAIT PAS LONGTEMPS QU'ON SE CONNAÎT !! ET... ET PUIS, JE PRÉFÈRE GARDER MES DISTANCES AVEC LES HOMMES, ALORS ÉLOIGNEZ-VOUS LE PLUS POSSIBLE, OK ?!
DANS CE CAS, CONCENTRE-TOI SUR TON TRAVAIL. IL RESTE PEU DE TEMPS AVANT TON PREMIER JOUR, ALORS APPLIQUE-TOI !
POUF
SI VOUS GARDEZ UNE DISTANCE D'UN MÈTRE, JE POURRAI SÛREMENT ME CONCENTRER, NE VOUS EN FAITES PAS !

UN MÈTRE ?
EST-CE QU'AU MOINS TU TE RENDS COMPTE DU GRAND HONNEUR QUE JE TE FAIS EN T'OFFRANT CES COURS PARTICULIERS INESTIMABLES ?
JE N'EN DEMANDAIS PAS TANT !!
CELA DIT...
À FORCE DE ME VOIR SURSAUTER À CHAQUE FOIS... IL DOIT SE SENTIR VEXÉ...
J'AI PEUT-ÊTRE ÉTÉ UN PEU TROP DURE...
JE NE SAIS TOUJOURS PAS S'IL DIT LA VÉRITÉ OU NON MAIS... APRÈS TOUT, CE N'EST PAS LUI QUI A VOULU FINIR DANS CET ÉTAT...

ÊTRE L'UN DES HOMMES LES PLUS EN VUE DE CORÉE, SE RETROUVER PRIVÉ DE SON CORPS ET ATTERRIR ICI POUR SE FAIRE TRAITER DE FANTÔME...
CETTE SITUATION DOIT ÊTRE FRUSTRANTE POUR LUI AUSSI...
FRANCHEMENT, HORMIS LE FAIT QU'IL N'AIT PAS D'OMBRE ET QU'ON NE SENTE PAS SA PRÉSENCE, IL N'EST PAS VRAIMENT DIFFÉRENT D'UN ÊTRE HUMAIN NORMAL...
AU POINT QU'ON AURAIT ENVIE DE LE TOUCHER...
ET PUIS... IL A QUAND MÊME UNE JOLIE PEAU POUR UN FANTÔME...
MAIS AU FAIT ! J'AI VU QU'IL POUVAIT TRAVERSER LES MURS... DANS CE CAS, ON PEUT DIRE QU'IL A UN CORPS OU PAS ?

JE SUIS SÛRE QUE SI ON LE TOUCHE, ON PEUT LE SENTI...
SSHH
HEIN ?
QUE FAITES-VOUS AU LIEU DE VOUS CONCENTRER, MADE-MOISELLE JUNG ?
POURQUOI EST-CE QUE TU M'OBSERVES DE LA SORTE ?
!!
FLAP
FLAP
AH... MAIS EN FAIT... NON... CE N'EST PAS... MAIS PAS DU TOUT ÇA !! IL Y A JUSTE UN TRUC QUI M'A RENDUE CURIEUSE, ET MON REGARD S'EST DIRIGÉ SPONTANÉMENT SUR...

AH...
EUH... EN FAIT, C'EST...
RLL
RLL
DANS CE CAS, AUTANT ME DEMANDER.
ÇA T'AVANCE À QUOI DE ME FIXER COMME ÇA ? QU'EST-CE QUE TU VEUX SAVOIR, AU JUSTE ?
C'EST LE GENRE DE TRUC QU'ON NE PEUT PAS DIRE À L'ORAL !
NE SOIS PAS RIDICULE ET EXPRIME-TOI CLAIREMENT !
OK, TU M'AS DIT DE LE DIRE, HEIN ? ALLEZ, ADVIENNE QUE POURRAAAAAAA !!
DOUDOUM
EUH... EUH...!
EST-CE QUE JE PEUX VOUS TOUCHER ?

OOH ! TU ES DONC CE GENRE DE FILLE, HEIN ?
AARGH !

MOUHAHAHAHAHAHA

Chapitre 06

Take Me, I'm Yours

JE DISAIS DONC... EUH... EUH...!!
EST-CE QUE JE PEUX VOUS TOUCHER ?
DOUDOUM !
QUOI ?!
CROÂ CROÂ
AH... HA HA... EUH... EN FAIT...
JE... JE VOUS AI VU TRAVERSER LES MURS, ALORS J'ÉTAIS CURIEUSE DE SAVOIR SI VOUS ÉTIEZ PA... PALPABLE...
DIT COMME ÇA, ÇA SONNE UN PEU BIZARRE... HEIN ?

MAIS MA PAUVRE ! T'ES TOMBÉE SUR LA TÊTE, MA PAROLE !! IL Y A DES CHOSES À NE PAS DIRE TOUT DE MÊME !!
...
J'AI L'AIR D'UNE PERVERSE... ET MON IMAGE, ALORS ?!
IMAGE DE CHAN-YANG EN TRAIN DE S'EFFONDRER
FFH
URIP
?!

HWIP...
HEIN...?
SSHH...
SI TU ES SI CURIEUSE, TU DEVRAIS ME TOUCHER...

TU NE PENSES PAS ?
MAIS AU FAIT...
TU ES SÛRE DE POUVOIR EN ASSUMER LES CONSÉQUENCES ?
CAUTION
HEIN...?
AAAH...

HÉ... COMMENT OSEZ-VOUS ME PRENDRE LA MAIN COMME ÇA ?!
QUI... QUI VOUS A DIT QUE JE VOULAIS VOUS TOUCHER DE CETTE FAÇON ? J'Y CROIS PAS !!
AAARRGH
SSHH...
PAS DE CETTE FAÇON ? TU VOULAIS ME TOUCHER AUTREMENT, C'EST ÇA ? AVEC PLAISIR.
EEEEEH ! MAIS VOUS ALLEZ ME LÂCHER, OUI ? IL EST VRAIMENT CINGLÉ, CE TYPE !! NON, JE VEUX DIRE, CE FANTÔME !!
GNN
AÏE !
ARGH ! MAIS ÇA FAIT MAL !! LÂCHEZ-MOI ! LÂCHEZ-MOI !!
RIEN DE TEL QU'UNE LEÇON PRATIQUE.
ALORS ? TU VEUX QUE JE TE PINCE ENCORE POUR QUE TU COMPRENNES ?
RAAAH, VRAIMENT !!
C'EST BON, J'AI BIEN VU QU'ON POUVAIT VOUS TOUCHER !
JE M'EXCUSE, OK !! ARRÊTEZ DE VOUS MOQUER DE MOI !

LA CURIOSITÉ EST LA CLÉ DU SAVOIR. C'EST UNE BONNE ATTITUDE.
S'IL Y A AUTRE CHOSE QUE TU VEUX SAVOIR, TU N'AS QU'À DEMANDER. JE TE RÉPONDRAI FRANCHEMENT.
SI AU MOINS IL NE POUVAIT PAS PARLER, IL NE SERAIT PAS AUSSI ÉNERVANT...!
PFFF...
VOYONS...
GRIP
POUF
QUE DIRAIS-TU D'ÉTUDIER AVEC LE MÊME EN-THOUSIASME...
CHAN-YANG ?

The Siesta Hotel
GLOU
GLOU
GLOU
J'AI ENTENDU DIRE QUE VOUS ÉTIEZ UNE AMIE DE JI-AN. COMMENT L'AVEZ-VOUS CONNU...?
JE L'AI RENCONTRÉ LORS D'UNE RÉCEPTION QU'IL A ORGANISÉE QUAND IL ÉTAIT AU CANADA.
AH, JE VOIS.

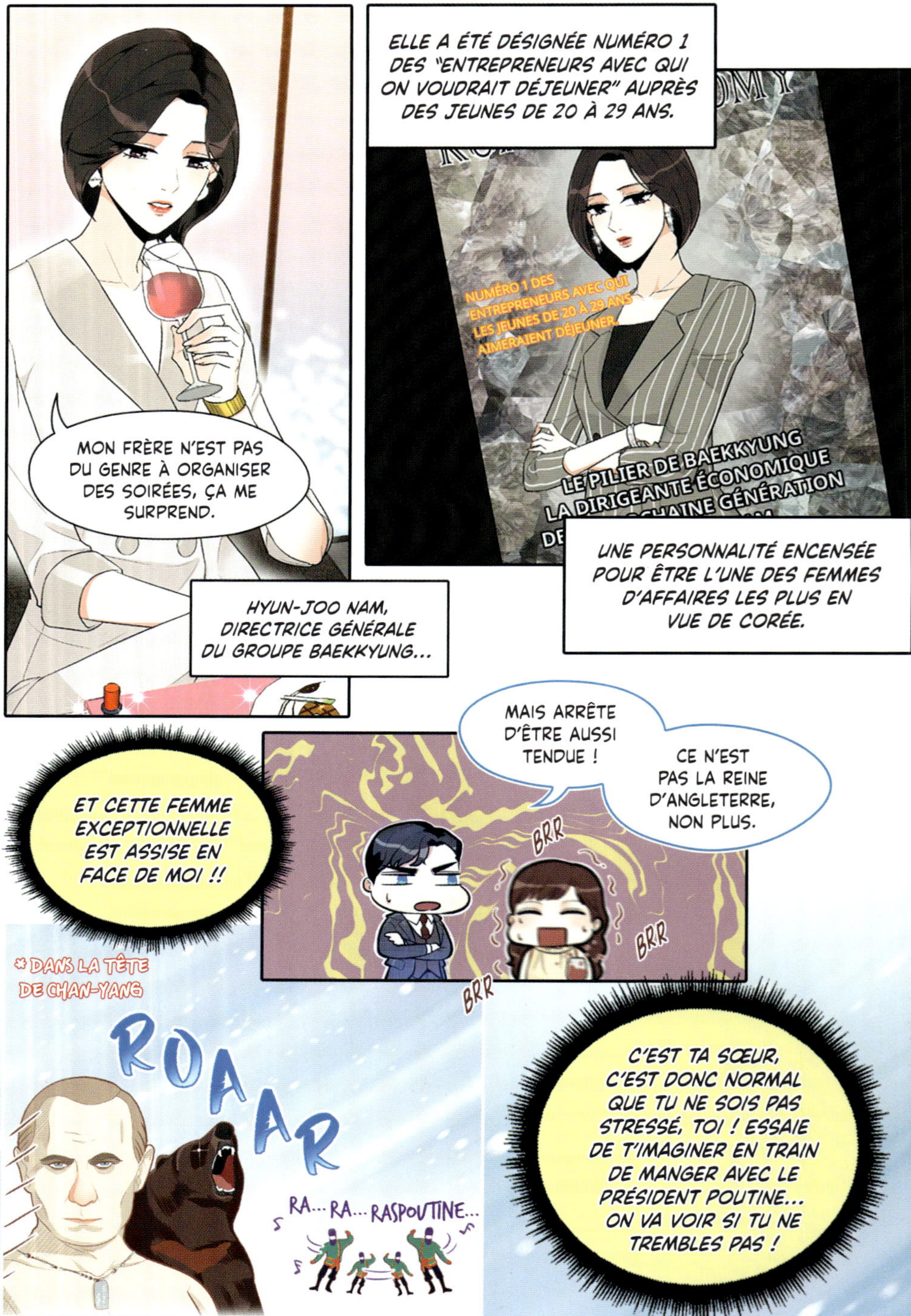
MON FRÈRE N'EST PAS DU GENRE À ORGANISER DES SOIRÉES, ÇA ME SURPREND.
HYUN-JOO NAM, DIRECTRICE GÉNÉRALE DU GROUPE BAEKKYUNG...
ELLE A ÉTÉ DÉSIGNÉE NUMÉRO 1 DES "ENTREPRENEURS AVEC QUI ON VOUDRAIT DÉJEUNER" AUPRÈS DES JEUNES DE 20 À 29 ANS.
NUMÉRO 1 DES ENTREPRENEURS AVEC QUI LES JEUNES DE 20 À 29 ANS AIMERAIENT DÉJEUNER
LE PILIER DE BAEKKYUNG
LA DIRIGEANTE ÉCONOMIQUE
UNE PERSONNALITÉ ENCENSÉE POUR ÊTRE L'UNE DES FEMMES D'AFFAIRES LES PLUS EN VUE DE CORÉE.
ET CETTE FEMME EXCEPTIONNELLE EST ASSISE EN FACE DE MOI !!
MAIS ARRÊTE D'ÊTRE AUSSI TENDUE !
CE N'EST PAS LA REINE D'ANGLETERRE, NON PLUS.
BRR
BRR
BRR
* DANS LA TÊTE DE CHAN-YANG
ROAAAR
RA... RA... RASPOUTINE...
C'EST TA SŒUR, C'EST DONC NORMAL QUE TU NE SOIS PAS STRESSÉ, TOI ! ESSAIE DE T'IMAGINER EN TRAIN DE MANGER AVEC LE PRÉSIDENT POUTINE... ON VA VOIR SI TU NE TREMBLES PAS !

OH PURÉE... MAIS POURQUOI IL Y A AUTANT DE FOURCHETTES... ?
EN MÊME TEMPS. C'EST BIEN LA PREMIÈRE FOIS QUE JE VIENS DANS UN RESTO AUSSI CHIC.
ZUT...
ALLEZ, J'EN PRENDS UNE AU PIF...
GLOUPS
GRIP
CELLE-CI, C'EST POUR LE PLAT PRINCIPAL. TU DOIS PRENDRE LA FOURCHETTE À SALADE.
EUH... CELLE-LÀ ?
MMMH...
TAP
TAP
OUI, CELLE-LÀ.
MADEMOISELLE JUNG, QUAND AVEZ-VOUS VU JI-AN POUR LA DERNIÈRE FOIS ?
AH... JE L'AI VU À SON RETOUR DE HONG KONG, JUSTE AVANT SON ACCIDENT.
VOUS SAVEZ DONC QU'IL EST ALLÉ À HONG KONG...

SON VOYAGE NE FAISAIT PAS PARTIE DE SON PLANNING OFFICIEL... ÇA M'ÉTONNE QU'ELLE SOIT AU COURANT...
TAC...
BON, DANS CE CAS, JE N'AI PAS BESOIN DE DOUTER DE SA RELATION AVEC JI-AN.
COMME VOUS LE SAVEZ...
L'ACCIDENT DE JI-AN S'EST PRODUIT À UN MOMENT CRUCIAL...
NOTRE GROUPE S'EST AINSI RETROUVÉ DANS UNE SITUATION EXTRÊMEMENT DÉLICATE.
J'IMAGINE TOUTE LA PRESSION QUE VOUS DEVEZ SUBIR...
TENDUE
C'EST ENCORE PLUS DIFFICILE À VIVRE POUR NOS EMPLOYÉS. L'ABSENCE DE LEUR DIRIGEANT PÈSE SUR LE BON FONCTIONNEMENT DE L'ENTREPRISE.

POUR L'HEURE, L'ABSENCE DE MON FRÈRE NOUS AMÈNE À LANCER UN VASTE PROJET DE RÉORGANISATION EN VUE DE CONSOLIDER LE FUTUR PLAN DE GESTION DU GROUPE...
FFSSHHH
?!
HÉ HÉ
JE VOUS METS MAL À L'AISE, N'EST-CE PAS ?
FRSH
FRSH
P... PARDON ? N... NON ! CE N'EST PAS DU TOUT ÇA !
C'EST JUSTE QUE...
JI-AN... ENFIN, JE VEUX DIRE M. NAM M'A DIT QUE VOUS ÉTIEZ QUELQU'UN DE PLUS SUSCEPTIBLE QUE LUI, C'EST POUR ÇA !!
PLITCH
PLIC
HEIN ?! MAIS QU'EST-CE QUI M'A PRIS DE RACONTER ÇA ! CHAN-YANG, MA PETITE, TU NE POUVAIS PAS JUSTE FERMER TA GRANDE BOUCHE ?
JI-AN A DIT... QUOI ? QUE J'ÉTAIS PLUS SUSCEPTIBLE QUE LUI ?
OUPS
AAAAAH !! OH MON DIEU, POURQUOI J'AI DIT ÇA ?!
ÉCOUTE, CE N'EST PAS GRAVE, ALORS RESPIRE UN COUP ET RESSAISIS-TOI !!
GRRR
COMMENT VEUX-TU QUE JE ME DÉTENDE, CRÉTIN ?! TOUT EST FICHU !
SNIF...

PFF !
?!
MADEMOISELLE JUNG...
POU HA HA...
VOUS AVEZ L'AIR D'ÊTRE TRÈS PROCHE DE MON FRÈRE...
NOTRE GROUPE EST PRÊT À TENTER LE TOUT POUR LE TOUT POUR SURMONTER LA CRISE ACTUELLE.
JE COMPTE SUR VOTRE ACTIVE COLLABORATION POUR NOUS AIDER À Y FAIRE FACE...
FFFH
S'IL VOUS A VRAIMENT DIT CE GENRE DE CHOSES.
CHAN-YANG JUNG.

DRRRRR—
BIEN SÛR, MADAME... JE VOUS REMERCIE DE VOTRE CONFIANCE.
FFFH
J'AI...
CONFIANCE EN JI-AN.
G.U
DING
DING
MERCI, À BIENTÔT.

OUAH... J'AI VRAIMENT CRU MOURIR DE STRESS !
MAINTENANT QU'ON EST À DEUX PAS DE LA MAISON, J'AI L'IMPRESSION DE REVIVRE...
TU VIENS JUSTE DE DÎNER. POURQUOI TU EN AS ACHETÉ AUTANT ?
QUE DE L'ALCOOL, EN PLUS...
QUE C'EST RAFRAÎCHISSANT...
MAIS J'AI ENCORE FAIM, MOI... LES PORTIONS ÉTAIENT MINUSCULES.
ET PUIS, J'AI BIEN MÉRITÉ UN PETIT QUELQUE CHOSE POUR DÉCOMPRESSER, QUAND MÊME !
AH, AU FAIT...
POUR L'OCCASION...
VOUS NE VOULEZ PAS QUE JE VOUS MONTRE QUELQUE CHOSE DE BEAU ?

TAP
FRANCHEMENT...
JUSQU'À QUAND JE DOIS TE SUIVRE LES YEUX FERMÉS ?! ET D'ABORD, ON VA OÙ ?!
ON EST PRESQUE ARRIVÉS, ALORS UN PEU DE PATIENCE ! C'EST LE DERNIER ÉTAGE !
ÉCOUTE, J'AI BEAU ÊTRE UN ESPRIT, MONTER LES MARCHES EN GARDANT LES YEUX FERMÉS, C'EST TOUT DE MÊME...
AH LÀ LÀ, LA PORTE EST ENCORE BLOQUÉE !!
TAC
MINCE... J'ÉTAIS TROP PRÈS...
FIOU...
HWIP
AH ! ELLE S'OUVRE !!

CRIIII
MAINTENANT, OUVREZ LES YEUX !
FLAP
TADAM !
BIENVENUE DANS LE JARDIN SECRET DE CHAN-YANG JUNG !
FLAP
FLAP
UN ENDROIT IDÉAL POUR FÊTER CETTE JOURNÉE, VOUS NE TROUVEZ PAS ?
ALORS, QU'EN DITES-VOUS ?
CE PANORAMA NOCTURNE EST MAGNIFIQUE, PAS VRAI ?

OUI, MAGNIFIQUE.
C'EST LE MOT...

UNE FÊTE ? TU TE FICHES DE MOI ?
POURQUOI IL S'ÉNERVE ?!

MOUHAHAHAHAHAHA

Chapitre 07

Take Me, I'm Yours

FLAP
PSCHIIIT
GLOU
GLOU
GLOU
HAAAAA...
RIEN DE TEL QU'UNE BONNE BIÈRE POUR SE RAFRAÎCHIR !!
OUAH, ELLE EST SI FRAÎCHE !!
TU EN ES DÉJÀ À COMBIEN DE CANETTES, LÀ ? N'OUBLIE PAS QUE TU DOIS ALLER TRAVAILLER DEMAIN.
ÇA VA ALLER,NE VOUS EN FAITES PAS. J'EN BOIS JUSTE UNE DERNIÈRE.
ALLEZ, VOUS DEVRIEZ EN PRENDRE UNE, VOUS AUSSI.
ÇA IRA.

HÉ HÉ... POUR MOI, RIEN N'EST MEILLEUR QU'UNE BIÈRE BUE SUR UN TOIT !
QUEL DOMMAGE, VOUS PASSEZ VRAIMENT À CÔTÉ DE QUEL-QUE CHOSE !
C'EST UNE ALCOOLIQUE, MA PAROLE...
ZYEUTE
JE PRÉFÈRE M'ABS-TENIR. DÉPÊCHE-TOI DE FINIR POUR QUE JE PUISSE ME REPOSER !
IL Y A QUELQUE CHOSE DE DIFFÉRENT CHEZ ELLE CE SOIR...
POURQUOI A-T-ELLE L'AIR SI ABATTUE... ?
JE ME DEMANDE... SI TOUT VA BIEN...
AU FAIT... DITES-MOI...

AUJOURD'HUI...
TU VEUX PARLER DE TON DÎNER AVEC MA SŒUR, C'EST ÇA ?
EH BIEN... OUI.
ELLE A POURTANT TOUT FAIT POUR QUE JE ME SENTE À L'AISE, MAIS JE N'AI PAS PU M'EMPÊCHER DE DIRE N'IMPORTE QUOI, TELLEMENT J'ÉTAIS NERVEUSE...
JE VOUS AI SEMBLÉ VRAIMENT... PITOYABLE, N'EST-CE PAS ?
CE N'EST RIEN. C'ÉTAIT PEUT-ÊTRE GÊNANT, MAIS CE N'EST PAS SI GRAVE.
HA HA...
JE VOIS.
C'EST JUSTE QUE...

C'EST COMME SI VOTRE SŒUR SORTAIT D'UN TOUT AUTRE MONDE...
JE ME SUIS SENTIE TOUTE PETITE.
MÊME SI ON ME MÉPRISAIT PARCE QUE JE NE SUIS QU'UNE EMPLOYÉE EN CDD, J'AI TOUJOURS FAIT DE MON MIEUX...
C'EST POUR ÇA QUE J'AI TOUJOURS PU GARDER LA TÊTE HAUTE...
MAIS APRÈS AVOIR VU LA DIRECTRICE GÉNÉRALE...
J'AI EU L'IMPRESSION DE NE PLUS AVOIR LA FORCE DE LUTTER.
ELLE A UNE PRESTANCE, UNE ÉLÉGANCE ET UNE ASSURANCE...
QUE JE N'AI JAMAIS VUES CHEZ PERSONNE.
ET PUIS...
J'AI CONFIANCE EN JI-AN.
AVOIR ÉTÉ APPROUVÉE PAR UNE PERSONNE COMME ELLE...
ALORS QUE JE DÉPENDS DES CAPACITÉS D'AUTRUI, ET PAS DES MIENNES...

SUR LE COUP...
JE ME SUIS SENTIE PATHÉTIQUE.
CHAN-YANG...
OH OH...
SA COMBATIVITÉ EST EN TRAIN DE DÉCLINER !
IL SEMBLE QUE TA COMBATIVITÉ SOIT PLUS FAIBLE QUE PRÉVU, HEIN ?
C'EST PEUT-ÊTRE TROP LOURD À PORTER POUR SES FRÊLES ÉPAULES ?
CE N'EST QUE MA SŒUR, APRÈS TOUT...
ELLE... ELLE EST SI CLASSE QUE JE NE PEUX M'EMPÊCHER DE ME SENTIR MINUSCULE !
JAMAIS VOUS NE COMPRENDRIEZ, VOUS...

MAIS DIS-MOI, QUI A COLLÉ UN TALISMAN SUR UN FANTÔME DE PEUR DE PERDRE SON APPART ?
ET TU FAIS TOUT UN PLAT POUR UN SIMPLE DÎNER ?!
PFFF
TU M'AS TRAITÉ D'ESPRIT MALÉFIQUE, NON ?
BRR
BRR
AH, TOUT ÇA, C'EST À CAUSE DE L'ALCOOL !!
ÇA M'A RENDUE SENTIMENTALE... RESSAISIS-TOI, CHAN-YANG !!
CLAC
CLAC
CLAC
OUI, JE LE SAIS BIEN, MAIS JE NE PEUX RIEN Y FAIRE !
C'EST PARCE QUE TU UTILISES TA COMBATIVITÉ À MAUVAIS ESCIENT...
POURQUOI TU TE DONNES DES CLAQUES...?
AAARGH !!
EXACT ! JE SAIS TRÈS BIEN QUE ÇA NE SERT À RIEN DE ME COMPARER AUX AUTRES !!
HOP
ALORS, JE VAIS M'EFFORCER DE VIVRE À FOND SANS REGARDER EN ARRIÈRE !!
MÊME S'IL ME RESTE UN LONG CHEMIN À PARCOURIR, JE NE VAIS PAS ME LAISSER ABATTRE.
JE DOIS M'HABITUER À LA VIE EN ENTREPRISE...
ET DÉMASQUER CELUI QUI A TENTÉ DE VOUS TUER !

VOUS SAVEZ, M. NAM... À PARTIR DE MAINTENANT, JE VAIS FAIRE DE MON MIEUX À MA FAÇON.
ET MÊME SI JE NE SUIS PAS DOUÉE, JE VAIS ME DONNER À FOND ET ALLER DE L'AVANT !
!!
MÊME SI JE SUIS DANS LE FLOU AVANT DE M'ENDORMIR...
À PARTIR D'AUJOURD'HUI...
POUR NE PLUS AVOIR DE REGRETS DANS MA VIE...
JE VAIS DEVENIR UNE CHAN-YANG QUI N'AURAIT PLUS HONTE D'ELLE, MÊME SI ELLE DEVAIT RENAÎTRE !

TU ES...
ADMIRABLE, CHAN-YANG !
FLAP
TU N'AS PAS CHANGÉ...
CUI CUI...
PA PA PAM
BRRRR
6:00 ALARME
BONJOUR !
BRRRR
TAC
BIP
APPUIE PAR INSTINCT SUR LA TOUCHE "ÉTEINDRE"

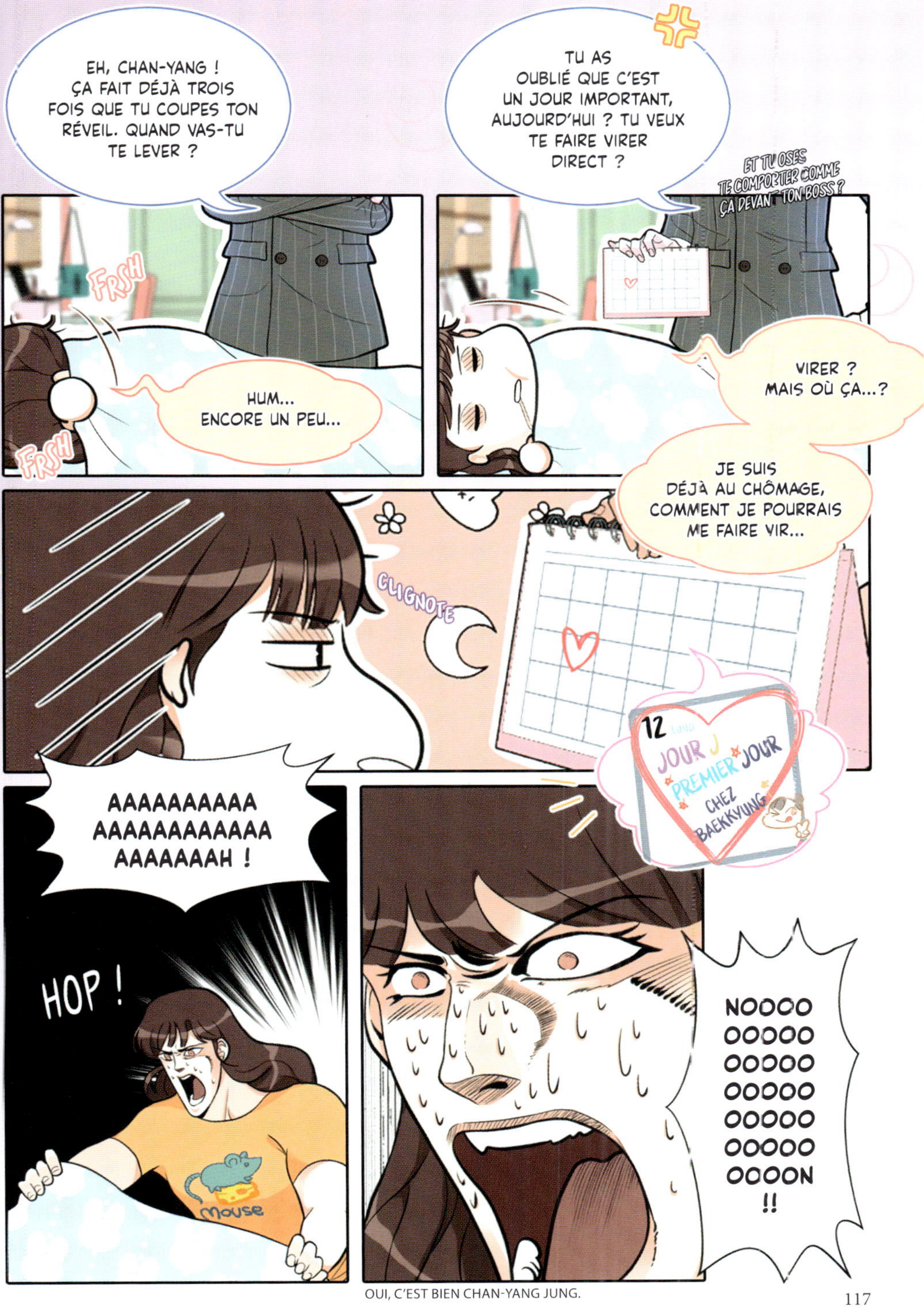

OUI, C'EST BIEN CHAN-YANG JUNG.

RLLL
RLLL
HUM... SI JE ME DÉPÊCHE PAS, JE VAIS ÊTRE EN RETARD...
SI TU N'AVAIS PAS MIS AUSSI LONGTEMPS À T'HABILLER, TU AURAIS EU AMPLEMENT LE TEMPS !
ON DIRAIT QUE TU VAS À UN RENDEZ-VOUS GALANT.
C'EST QUAND MÊME MON PREMIER JOUR, IL FAUT QUE JE SOIS AU TOP !
LA PREMIÈRE IMPRESSION EST TOUJOURS IMPORTANTE !
CLAC
CLAC
CRIIII...
AH, AU FAIT !
M. NAM, VOUS AVEZ DÉJÀ ARPENTÉ LE CHEMIN DE L'AU-DELÀ...
ALORS, LE MÉTRO DE L'ENFER, ÇA DEVRAIT ÊTRE UN JEU D'ENFANT POUR VOUS, NON ?
??
HEIN ? LE MÉTRO DE QUOI...?

DING
AH ! NE POUSSEZ PAS !!
CE TRAIN VA PARTIR, VEUILLEZ EMPRUNTER LE PROCHAIN.
DING
EH ! ATTENDEZ QUE LES GENS DESCENDENT AVANT DE MONTER !!
AVANCEZ UN PEU PLUS AU FOND !! ENCORE UN PEU !!
D... DIRECTEUR...
AAH... ALLEZ... ARGH... MONTEZ VITE !
GNNN
GNNN
GNNN
SI... AAH... VOUS... NE MONTEZ PAS... ARGH... ON VA ÊTRE... EN RETARD...!
BIENVENUE DANS LE MÉTRO DE L'ENFER !
...
ATION DE L'ENF
BRAOUUM
C'EST DONC ÇA, L'ENFER.
HWIP
JE VAIS Y ALLER PAR MES PROPRES MOYENS.
ON SE VOIT À L'ENTRÉE DE L'ENTREPRISE.
PSHHH
DEMI-TOUR ÉCLAIR
HÉ, ESPÈCE DE SALE TRAÎTRE !!

ENTRÉE DU SIÈGE SOCIAL DU GROUPE BAEKKYUNG
DIRECTEUR...
VOUS...
BRR
BRR
VOUS ÊTES ARRIVÉ... COMMENT ?
SALE TRAÎTRE !
TU AS DONC RÉUSSI À SURVIVRE À L'ENFER...
AU FAIT, TOUT CE BÂTIMENT... APPARTIENT À BAEKKYUNG, N'EST-CE PAS ? C'EST... VRAIMENT IMMENSE...
BAEKKYUNG
HÉ HÉ...
BIEN SÛR ! C'EST L'UNE DES ENTREPRISES LES PLUS IMPORTANTES DE CORÉE.
TU POURRAS VISITER LES LOCAUX PLUS TARD. ALLONS DANS LE HALL, TON SUPERVISEUR NOUS ATTEND.
AH, AU FAIT, NE ME PARLEZ PLUS À PARTIR DE MAINTENANT.
SI JE PARLE TOUTE SEULE, J'AURAI L'AIR BIZARRE.
JE NE VOUS RÉPONDRAI PAS NON PLUS.
TAP

MADEMOISELLE CHAN-YANG JUNG ?
!!
VOUS ÊTES BIEN CHAN-YANG JUNG, N'EST-CE PAS ?
EUH... OUI... C'EST BIEN MO ...
RAVI DE VOUS RENCONTRER.
JE SUIS LE MANAGER ADJOINT SEUNG-MIN PARK. J'AURAI LE PLAISIR DE FAIRE ÉQUIPE AVEC VOUS À COMPTER D'AUJOURD'HUI.
AH, OUI ! ENCHANTÉE !
!

HEIN... ?
MAIS QU'EST-CE QUE ÇA VEUT DIRE ?
CET HOMME...
CE N'EST PAS LE SUPERVISEUR QUE J'AI DÉSIGNÉ...!
MAIS ALORS...

TU N'AS QUAND MÊME PAS CRAQUÉ POUR CE BLANC-BEC ?!
ZUT !! IL S'EN EST RENDU COMPTE...

Chapitre 08

Take Me, I'm Yours

COMME TOUT LE MONDE EST EN RÉUNION...
FLAP
JE VAIS VOUS EXPLIQUER VOS TÂCHES EN QUELQUES MOTS AVANT DE VOUS PRÉSENTER À NOTRE ÉQUIPE.
JE DOIS ENVOYER UN MAIL IMPORTANT À UNE FIRME PARTENAIRE...
POUVEZ-VOUS ATTENDRE ICI UN INSTANT ? JE N'EN AURAI PAS POUR LONGTEMPS.
AH, OUI, BIEN SÛR ! PRENEZ VOTRE TEMPS !
MAIS AU FAIT, DITES-MOI...
J'AI CRU COMPRENDRE QUE MON SUPERVISEUR SERAIT UNE FEMME...
POUVEZ-VOUS ME DIRE POURQUOI VOUS L'AVEZ REMPLACÉE ?
!!
AH ! J'AI OUBLIÉ DE VOUS PRÉVENIR !
MAIS DE QUOI PARLE-T-IL ?!
JE SUIS DÉSOLÉ, JE NE SAIS PLUS OÙ DONNER DE LA TÊTE AVEC TOUT LE TRAVAIL QU'ON A, SANS COMPTER CELUI DU DIRECTEUR NAM.
GLOUPS...
SI J'AI FINALEMENT ÉTÉ DÉSIGNÉ POUR ÊTRE VOTRE SUPERVISEUR, C'EST PARCE QUE...

CELLE QUI DEVAIT ÊTRE VOTRE PARTENAIRE, LA MANAGER KANG, A ACCOUCHÉ PLUS TÔT QUE PRÉVU !
VOTRE BÉBÉ EST DONC NÉ...
MES FÉLICITATIONS, MADAME KANG...
MAIS POURQUOI A-T-IL FALLU QUE ÇA SOIT UN HOMME...?
NOTRE SERVICE MANQUAIT CRUELLEMENT DE PER-SONNEL, ON COMMENÇAIT À S'INQUIÉTER, MAIS VOUS TOMBEZ À PIC !
VOUS VOULEZ VOIR LA PHOTO DU BÉBÉ ? ELLE EST ADORABLE, N'EST-CE PAS ?
KYAA !!
ELLE EST TROP MIGNONNE !
VOICI MANAGER KANG JUNIOR...
OUIIIN
OUIIIN
ÉMUS
C'EST POUR CETTE RAISON QUE J'AI DÛ LA REMPLACER AU PIED LEVÉ !!
OH MON DIEU !!
MAIS AU FAIT...
KYAHAHA
AAAH, MA TÊTE...
REGARDEZ-LA DONC EN TRAIN DE BÂILLER... ELLE EST TROP CHOU !!

HÉ, VOUS AVEZ OUBLIÉ QUE VOUS ÊTES AU BUREAU ?
ARGL ARGL
ET QUI VOUS A DIT DE VOUS COLLER COMME ÇA ? VOUS CROYEZ QUE VOUS ÊTES LÀ POUR PRENDRE DU BON TEMPS ? ÉLOIGNEZ-VOUS TOUT DE SUITE L'UN DE L'AUTRE !
AH ! CE PETIT BOUT DE CHOU M'A PRESQUE FAIT OUBLIER QUE J'AVAIS UN MAIL À ENVOYER.
C'EST VRAI ! C'EST LE GENRE DE CHOSE QU'IL NE FAUT PAS LAISSER TRAÎNER ! DÉPÊCHEZ-VOUS !
BON, À TOUT À L'HEURE !!
OK !!
POURQUOI TU AGITES LA MAIN ? VOUS SORTEZ ENSEMBLE OU QUOI ?
ILS SE CROIENT OÙ, MA PAROLE ?!
LE COMPORTEMENT DE CE TYPE M'A L'AIR SUSPECT. JE SUIS SÛR QUE C'EST LUI QUI A VOULU ME TUER.
TROIS MOIS, ET JE L'ENVOIE EN RETRAITE ANTICIPÉE !!
GRRRR...
IL M'A L'AIR D'UN GENTIL GARÇON, POURQUOI VOUS VOUS EN PRENEZ À LUI ?
FRANCHEMENT, JE N'AURAIS JAMAIS CRU QU'IL Y AVAIT ENCORE DES PATRONS QUI NE RECONNAISSAIENT PAS LEURS EMPLOYÉS.
JE NE REÇOIS QUE DES RAPPORTS ÉCRITS, COMMENT JE POURRAIS CONNAÎTRE TOUS MES EMPLOYÉS ?
QUAND BIEN MÊME...
SSHH
À VRAI DIRE, J'ÉTAIS SUPER INQUIÈTE, MAIS ÇA M'A UN PEU DÉTENDUE DE RENCONTRER QUELQU'UN D'AUSSI SYMPA.
GRRR
GRRR
COMMENT TU PEUX T'ÊTRE FAIT UN AVIS SUR LUI ALORS QUE TU NE L'AS VU QU'UNE FOIS ?
QUI PLUS EST...

J'AI À MES CÔTÉS QUELQU'UN EN QUI J'AI ENTIÈREMENT CONFIANCE, VOUS.
QUE DEMANDER DE PLUS ?
MAIS J'Y PENSE... J'AI AVEC MOI UN FANTÔME SURDOUÉ ! EN UNISSANT NOS FORCES, NOUS DEVRIONS CONQUÉRIR LE GROUPE BAEKKYUNG SANS PROBLÈME !
AVEC 150% DE MON ASSURANCE, ALLIÉE À 50% DE VOTRE INTELLIGENCE, ON N'A VRAIMENT RIEN À CRAINDRE !
CONFIANCE EN SOI BOOSTÉE
PORTE LE MONT EVEREST SUR SES ÉPAULES
DIGNES DU RANG DE "FUTURS GRANDS MAÎTRES" !!
ALLONS-Y, CHAN-YANG CHUNG ! JI-AN NAM !!
OUAHAHA
ÇA, C'ÉTAIT IL Y A À PEINE 9 HEURES.
JE NE PEUX PAS !
COMMENT QUELQU'UN...
SMILE
TAC !
JE NE PEUX PAS, JE VOUS DIS !!

PEUT...
MA VIE EST FICHUE...
OUI, FICHUE !
COMMENT UNE FILLE COMME MOI POURRAIT TRAVAILLER POUR LE GROUPE BAEKKYUNG...
SNIF
LE MONT EVEREST A FONDU
JE SUIS UN PAUVRE DÉCHET IRRÉCUPÉRABLE...
PLIC
PLOC
TOMBER AUSSI BAS AUSSI VITE ?
FIN DES MATCHES DE PLACEMENT
BRONZE
COMMENT AS-TU PU ME LAISSER TOUTE SEULE ?! HEIN ?!
BOUH BOUH
CETTE FILLE QUI TÉLÉPHONE AVEC SES ÉCOUTEURS N'ARRÊTE PAS DE PLEURER DEPUIS TOUT À L'HEURE. ELLE A L'AIR DE SE DISPUTER AVEC SON PETIT AMI, NON ?
PSSST
VA LUI APPORTER DES ŒUFS BROUILLÉS DISCRÈTEMENT.
PSSST
JE T'AI DIT QUE JE RECONNAISSAIS AVOIR FAIRE UNE ERREUR. PARDONNE-MOI D'ÊTRE ALLÉ VOIR MA SŒUR SANS TE PRÉVENIR. MAINTENANT, ARRÊTE DE TE LAMENTER, OK ?
BAM !!
À QUOI ÇA ME SERT QUE VOUS RECONNAISSIEZ VOTRE ERREUR MAINTENANT, HEIN ?! VOUS VOUS RENDEZ COMPTE QUE JE SUIS DEVENUE LA RISÉE DE TOUTE L'ÉQUIPE PARCE QUE VOUS VOUS ÊTES ÉCLIPSÉ SANS PRÉVENIR ?!

TOUT ALLAIT BIEN, AU DÉBUT ! TOUTE L'ÉQUIPE ÉTAIT SYMPA ET L'AMBIANCE AUSSI ÉTAIT CHALEUREUSE !!
QUAND ILS ONT COMMENCÉ À PARLER BOULOT, J'AI FINI PAR NE PLUS RIEN COMPRENDRE DU TOUT !!
TU AS VÉRIFIÉ LES VOC ?
OUI, 63% DE CEUX QU'ON A RELEVÉS SONT DES NVOC.
CHEF, POUR LE RTCP, PENSEZ-VOUS QU'ON PUISSE CRÉER UN MODÈLE RENTABLE ?
OUI, SI ON PEUT RÉDUIRE L'ARPU. ET ON POURRA ATTEINDRE LE MOT PLUS FACILEMENT.
MAIS...
TU SAIS QUE LE CDP EST M. NAM. IL N'EN A PAS L'AIR, MAIS IL FINIT TOUJOURS PAR OBTENIR DES RÉSULTATS.
LA DIRECTION A BIEN DIT QU'ON DEVAIT INVESTIR PLUS DANS LES PANNEAUX OLED, NON ?
LE SEUL MOT QUE J'AI RÉUSSI À CAPTER C'ÉTAIT "PARKING", ALORS J'AI VOULU LEUR DONNER L'IMPRESSION DE COMPRENDRE DE QUOI ILS PARLAIENT !! DU COUP, JE N'AI PAS ARRÊTÉ, ON AURAIT PRESQUE DIT QUE JE FAISAIS UN RAP !!
VOUS AVEZ DIT PA... PARKING...?
PARKING?
MOI... JE N'AI PAS DE VOITURE, ALORS JE N'AI PAS BESOIN DE PLACE DE PARKING, VOUS SAVEZ...
IL A SUFFI QUE JE DISES ÇA POUR QUE TOUT LE MONDE ÉCLATE DE RIRE... ET J'ÉTAIS LA SEULE À NE PAS CAPTER POURQUOI !

ILS NE PARLAIENT PAS DE "PARKING", MAIS DE "LEAKING"... ILS DEVAIENT SÛREMENT FAIRE ALLUSION À LA FUITE DE DONNÉES QU'A SUBIE LA SOCIÉTÉ. JE L'AI APPRIS AUJOURD'HUI.
ON PEUT DIRE QUE TU T'ES FAIT REMARQUER DÈS TON PREMIER JOUR. ÇA DEVAIT VALOIR LE DÉTOUR !
OUIIIIN !!
AH, VRAIMENT, JE VOUS JURE !!
NE VOUS MOQUEZ PAS DE MOI ! C'EST PARCE QUE VOUS VOUS ÊTES VOLATILISÉ QUE J'AI SUBI CET AFFRONT !!
BAM
BAM
PFFFT
JE NE SUIS QU'UNE BONNE À RIEN... JE NE SAIS RIEN FAIRE DU TOUT...
VOUS CROYEZ VRAIMENT QUE C'EST DE MOI DONT VOUS AVEZ BESOIN ?!
JE DOIS SANS DOUTE ÊTRE LA FILLE LA PLUS STUPIDE AU MONDE...

OUI, JE LE CROIS.
TU M'ES INDISPENSABLE.
JE DIRAIS MÊME PLUS...
À CET INSTANT PRÉCIS...
JE NE T'AI PAS FAIT ENTRER DANS L'ENTREPRISE POUR ÉTUDIER DES DOSSIERS...
SANS TOI À MES CÔTÉS, C'EST COMME SI JE N'EXISTAIS PAS, CHAN-YANG.
SSHH
TAC
TU LE SAIS TRÈS BIEN.

TU AS FINI DE BOIRE, ON DIRAIT...
ALORS, J'AIMERAIS QUE TU ARRÊTES DE TE RABAISSER À CAUSE D'UNE BROUTILLE SANS IMPORTANCE.
HOP
ALORS ON Y VA ?
SST
NE VOUS ÉLOIGNEZ PLUS DE MOI.
GRIP
JE SAIS QUE JE N'EN AI FAIT QU'À MA TÊTE TOUTE LA JOURNÉE.
EN FIN DE COMPTE, C'EST MOI QUI AI ACCEPTÉ VOTRE OFFRE...
MAIS EN VÉRITÉ, J'AVAIS UN PEU PEUR DE COMPROMETTRE VOS PROJETS PAR MON COMPORTEMENT STUPIDE.

CES EXCUSES PEUVENT VOUS SEMBLER RIDICULES, MAIS... DONNEZ-MOI JUSTE UN PEU DE TEMPS.
MÊME SI JE NE SUIS PAS À LA HAUTEUR... JE FERAI PLUS D'EFFORTS... POUR APPRENDRE À ME DÉBROUILLER SANS VOTRE AIDE.
MAIS EN ATTENDANT...
RESTEZ À MES CÔTÉS.
TRÈS BIEN... JE NE TE QUITTERAI PLUS JAMAIS... JE TE LE PROMETS.
...

CRIII...
PFIOU... ON EST ENFIN À LA MAISON.
EUH...
MERCI DE M'AVOIR ÉCOUTÉE JUSQU'À UNE HEURE AUSSI TARDIVE...
EH BIEN...
CRIII...
BONNE NUIT, DIRECTEUR.
BAM...
POUF
HAA...
TAC...
JE VAIS DEVENIR FOU...
IL ME RESTE À PEINE...
UN PEU PLUS DE DEUX MOIS...

PENDANT LESQUELS...
JE POURRAI ENCORE ME SOUVENIR DE TOI...
ET DE L'AMOUR QUE NOUS AVONS PARTAGÉ...
TOUS LES DEUX.
JUSQU'À PRÉSENT...
J'AI CRU QUE J'AVAIS RÉUSSI À BIEN LE SUPPORTER.

DORS BIEN.
CHAN-YANG...
C'EST LA MEILLEURE CHOSE À FAIRE, NON ?
POUR QUE TU NE SOIS NI PERDUE... NI TRISTE...
QUAND TU TE RETROUVERAS SEULE...
TOUT ENDURER ET TOUT SUPPORTER SEUL, COMME JE L'AI FAIT JUSQU'À PRÉSENT, C'EST BIEN LA MEILLEURE CHOSE À FAIRE, N'EST-CE PAS...?

TU ES AVEUGLE OU QUOI ?
QU'EST-CE QU'IL RACONTE ENCORE ?!

MOUHAHAHAHAHAHA

Chapitre 09

Take Me, I'm Yours

BAEKKYUNG
HYUN-JOO, VOUS POUVEZ JETER UN COUP D'ŒIL À CECI ?
SSHH.
S'AGIT-IL DES DOCUMENTS EN RAPPORT AVEC NOS PROJETS EN INDE, M. LE PRÉSIDENT ?
C'EST TOUT À FAIT REGRETTABLE, MAIS C'EST LA RÉPUTATION DE NOTRE GROUPE QUI EST EN JEU ICI.
HUM... OUI, EN QUELQUE SORTE.
C'EST L'UNE DES RAISONS POUR LESQUELLES NOTRE PROJET DE PARTENARIAT EN INDE EST AU POINT MORT, ALORS QU'IL DEVRAIT DÉJÀ ÊTRE SUR LES RAILS.
FRRR

JOURNAL DE L'ÉCONOMIE
L'HÉRITIER DU GROUPE BAEKKYUNG, JI-AN NAM, VICTIME D'UN ACCIDENT DE LA ROUTE
LE MYSTÈRE S'ÉPAISSIT, ALORS QUE LE GROUPE GARDE LE SILENCE.
- S'AGIT-IL D'UNE ERREUR HUMAINE OU D'UN COMPLOT LIÉ À UNE AFFAIRE DE CORRUPTION IMPLIQUANT LE MONDE POLITIQUE ET LES MILIEUX D'AFFAIRES ?
- PRÈS D'UN MOIS APRÈS L'ACCIDENT, AUCUN SIGNE D'UN DYSFONCTIONNEMENT MÉCANIQUE N'A ÉTÉ DÉCELÉ DANS LA VOITURE DU DIRECTEUR NAM.
- IL SUBSISTE DES SOUPÇONS DE CONDUITE EN ÉTAT D'IVRESSE.
QU'EN PENSEZ-VOUS, HYUN-JOO ?
...
SSHH
VOUS DEVEZ SAVOIR QUE PRÈS DE 2 MILLIARDS SONT EN JEU.
CETTE AFFAIRE TOUCHANT DE TRÈS PRÈS VOTRE FAMILLE, J'IMAGINE TOUT À FAIT CE QUE VOUS POUVEZ RESSENTIR, MAIS...
DE PLUS, LE FAIT QUE VOTRE FRÈRE SOIT TOUJOURS DANS LE COMA NE FAIT QU'AGGRAVER LES RUMEURS À PROPOS DU GROUPE.
ET PUIS, L'ABSENCE DE PREUVES D'UNE QUELCONQUE MALFAÇON DE LA VOITURE ALIMENTE LES SOUPÇONS.
KANG-JOON LIM, PRÉSIDENT PAR INTÉRIM DU GROUPE BAEKKYUNG
À CAUSE DES ARTICLES MENSONGERS PARUS DANS LA PRESSE, LES ACTIONNAIRES ÉTRANGERS S'EMPRESSENT DE VENDRE LEURS PARTS... SI NOUS NE FAISONS RIEN, LES ACTIONS DU GROUPE VONT CONTINUER DE DÉGRINGOLER.
JE COMPRENDS TOUT À FAIT CE QUE VOUS POUVEZ RESSENTIR EN CE MOMENT...
MAIS POUR PRÉSERVER L'AVENIR DU GROUPE, J'ESPÈRE QUE VOUS ALLEZ FINALEMENT ADMETTRE LA NÉGLIGENCE DE JI-AN ET PRENDRE UNE DÉCISION RATIONNELLE.

NOUS DEVONS AUSSI RESPECTER LES DERNIÈRES VOLONTÉS DE FEU LE PRÉSIDENT HWAN NAM. JE VOUS LE DEMANDE EN TANT QU'ACTUEL PRÉSIDENT DU GROUPE, HYUN-JOO.
BRR
BRR
BRR
LAISSEZ-MOI...
ENCORE UN PEU DE TEMPS...
SSHH
JE VOUS PROMETS... D'Y RÉFLÉCHIR.
LE PRÉSIDENT KANG-JOON LIM...
SSHH...
UN EXPERT EN MANA-GEMENT EXTRÊMEMENT COMPÉTENT QUI S'EST VU CONFIER LA PRÉSIDENCE PAR INTÉRIM DU GROUPE, CONFORMÉMENT AU TESTAMENT DE MON GRAND-PÈRE.

JE POURRAIS LE SOUPÇONNER D'ÊTRE IMPLIQUÉ DANS MON ACCIDENT, SACHANT QU'IL FAIT PARTIE DE L'ÉQUIPE DE DIRECTION...
MAIS SON MANDAT ARRIVE BIENTÔT À SON TERME, ET IL DOIT ABSOLUMENT ASSURER LE SUCCÈS DE SON PROJET DE PARTENARIAT EN INDE. DANS CE CONTEXTE, MON ACCIDENT LUI AURAIT FAIT COURIR D'ÉNORMES RISQUES.
CELA DIT, JE NE PEUX PAS NON PLUS CONCLURE AVEC CERTITUDE QU'IL N'EST PAS LE PRINCIPAL INSTIGATEUR DU CRIME.
MA MARGE DE MANŒUVRE ÉTANT RÉDUITE PAR LE FAIT QUE MON TEMPS NE S'ÉCOULE QUE QUAND JE SUIS AVEC CHAN-YANG, JE NE PEUX ÉLUCIDER QU'UNE PARTIE INFIME DES FAITS...
MAIS J'AI DÉCOUVERT RÉCEMMENT EN OBSERVANT L'AMBIANCE AU SEIN DE LA SOCIÉTÉ QUE LE COUPABLE N'EN A PAS JUSTE APRÈS MOI...
IL VISE L'ENSEMBLE DU GROUPE !

HUM...
ALORS, SI J'AI BIEN COMPRIS...
CETTE AFFAIRE DE FUITE QUI A ÉTÉ RÉVÉLÉE LORS DE MON PREMIER JOUR...
A UN RAPPORT AVEC LA PERSONNE QUI A TENTÉ DE VOUS ASSASSINER, C'EST BIEN ÇA ?
HUM...
AAAH
OUI. SI NOUS PARVENONS À REMONTER JUSQU'À L'AUTEUR DE CETTE FUITE, NOUS AURONS TRÈS CERTAINEMENT UNE PISTE.
ET DIRE QUE LA DG EST SOUPÇONNÉE... C'EST VOTRE SŒUR, TOUT DE MÊME.
FRANCHEMENT, IL VAUT MIEUX FAIRE PARTIE DES GENS ORDINAIRES. LES PROBLÈMES DE FAMILLES RICHES, C'EST VRAIMENT COMPLIQUÉ...
HUM...
RAISON DE PLUS POUR TOUT FAIRE POUR ATTRAPER LE COUPABLE AU PLUS VITE. MA SŒUR DOIT ÊTRE CELLE QUI SOUFFRE LE PLUS DE LA SITUATION.
DANS CE CAS, JE DOIS FAIRE TOUT MON POSSIBLE POUR VOUS APPORTER MON AIDE, AUSSI INFIME SOIT-ELLE !
SI VOUS AVEZ FINI, ALLONS-Y ! MA JOURNÉE SE TERMINE BIENTÔT, JE DOIS ME DÉPÊCHER DE FINIR MES TÂCHES !
TA SÉANCE DE STRETCHING N'EST MÊME PAS FINIE...
QUOI ? DÉJÀ ?! MAIS ÇA NE FAIT QUE QUELQUES MINUTES QU'ON EST EN PAUSE ! SI ON MARCHAIT UN PEU AVANT DE RENTRER ?

VOUS CROYEZ QUE C'EST LE MOMENT ? ALORS QUE LE COUPABLE EST EN TRAIN DE SE CREUSER ACTIVEMENT LES MÉNINGES POUR MENACER LE GROUPE ?
ET PUIS, SI JE NE VEUX PAS ME FAIRE DÉMASQUER, IL FAUT QUE JE TRAVAILLE AUSSI DUR QUE LES AUTRES !
JE TE REMERCIE POUR TON ENTHOUSIASME, CHAN-YANG, MAIS...
CHAN-YANG EN MODE "COMBAT À MORT"
ESSAYEZ DE M'ARRÊTER, POUR VOIR !!
TU ME RENDS LES CHOSES DIFFICILES À CAUSE DE TON TEMPÉRAMENT IMPULSIF.
PRENONS UNE PAUSE CAFÉ !
ÇA IRA, MERCI. ALLEZ-Y SANS MOI !!
C'EST BIEN DE SE DONNER À FOND, MAIS TU DOIS PRENDRE DES PAUSES, COMME LES AUTRES EMPLOYÉS...
TAP
TAP
GNNN
GNNN
COMMENT VEUX-TU QUE J'AIE L'ESPRIT TRANQUILLE SI TU TE SURMÈNES ?!
BON, ON RETOURNE TRAVAILLER ?
SSHH
QUELLE TÊTE DE MULE !!

TU L'AURAS VOULU !
JE VAIS TE FAIRE BOUGER, TU VAS VOIR !!
TAC
FWOSH
?!
DONG
DONG
DONG
DONG
RLLL
RLLL
HEIN...?
MAIS COMMENT...
ELLE PEUT ROULER...?

TOUTE SEULE ?!
AARGH !
GNIP
C'ÉTAIT VOUS, N'EST-CE PAS ? JE SUIS PAS UN CHIEN TOUT DE MÊME ! À QUOI VOUS JOUEZ, HEIN ?!
JE N'Y SUIS POUR RIEN, MOI ! C'ÉTAIT PEUT-ÊTRE LE VENT ?
GRRRR
BRRR
BRRR
BRRR
TREMBLE DE RAGE
OH ? C'EST QUOI, ÇA ?
HEIN ? QU'EST-CE VOUS PREND, TOUT À COUP ?
TING
C'EST UN TRUC MAGIQUE OU QUOI ? QU'EST-CE QUE C'EST ? JE NE VOIS VRAIMENT RIEN...!
ÉTIRE UN PEU PLUS TON DOS, REDRESSE TA TÊTE ET TU VERRAS ! C'EST PARTI DANS CETTE DIRECTION !
SST
??
CHIOT OBÉISSANT
RIEN DE TEL POUR LA SANTÉ DES LOMBAIRES
REGARDE !! LÀ, DANS LE CIEL !! OUI, TOUT LÀ-HAUT ! TU NE VOIS PAS ? ÇA VIENT DE PASSER !
CRAAAC
ÇA FAIT DU BIEN !

REGARDE PLUS LOIN ! OUI, ENCORE PLUS LOIN !
MAIS C'EST QUOI, AU JUSTE...
PLUS LOIN !
CE QU'IL Y A À...
FWOP
PLUS LOIN !
FLOP
PLUS LOIN !
VOIR...?
AH...?!
FWIT
!!

AH...
SQUISH
AAAH...
AAARRGH !!
SSHH
MAIS... CETTE SCÈNE...
HEIN... ?
CHAN-YANG...

ÇA VA ?
OH... MAIS...
J'AI COMME... UNE IMPRESSION DE DÉJÀ-VU...
BABOUM...
C'EST... TROP...
BABOUM...
BABOUM...
L... LÀ...
J'AI PEUT-ÊTRE POUSSÉ LE BOUCHON UN PEU LOIN...?

TROP... TROP... C'EST TROP PRÈS !!
ÇA VA PAS, LA TÊTE ?!
CE N'EST PAS CE QUE TU CROIS ! JE VOULAIS JUSTE T'EMPÊCHER DE TOMBER...
HWIP
MAIS... MAIS JUSTEMENT, POURQUOI M'AVOIR DEMANDÉ DE REGARDER LÀ-HAUT ?! IL Y AVAIT VRAIMENT QUELQUE CHOSE ?!
PEUT-ÊTRE ? SI ÇA SE TROUVE, J'AI MAL VU...
RAAAH, IL A LE CHIC POUR ME TAPER SUR LES NERFS !!
JE VOUS PRÉVIENS, NE ME FAITES PLUS CE GENRE DE PLAISANTERIE !
NE CROYEZ PAS QUE JE SUIS DE CELLES QUI SE LAISSENT FAIRE FACI-LEMENT !
GRRR
GRRR

SI SEULEMENT...
SMILE
JE POUVAIS TOUJOURS RESTER AVEC TOI, COMME MAINTENANT...
JE SERAIS TELLEMENT HEUREUX...

BAEKKYUNG
TOC TOC
CRRR
ENTREZ.
JE ME SUIS RENSEIGNÉ, COMME VOUS ME L'AVEZ DEMANDÉ.
CE SONT LES INFORMATIONS PERSONNELLES SUR LA NOUVELLE RECRUE DE L'ÉQUIPE DE JI-AN NAM À LA DEMANDE DE SA SŒUR.
SSHH
CONTRAIREMENT À CE QUE NOUS PENSIONS, ELLE REMPLIT DES TÂCHES ORDINAIRES EN TANT QUE PLUS JEUNE MEMBRE DE SON ÉQUIPE, SANS AUCUN TITRE NI PROJET PARTICULIER.
HUM... ELLE N'A DONC RIEN DE SPÉCIAL. CELA DIT, ELLE A ÉTÉ RECRUTÉE DIRECTEMENT PAR HYUN-JOO NAM, ALORS IL VAUT MIEUX RESTER SUR NOS GARDES.
CRR
CRR
AH, AU FAIT, COMMENT ÉVOLUE L'ÉTAT DE JI-AN ?
BIEN, MONSIEUR.
SES CHANCES DE SORTIR DU COMA SONT POUR L'HEURE TRÈS FAIBLES, MAIS SELON SON MÉDECIN, CE N'EST PAS IMPOSSIBLE...
CRRR
CRRR
JE VOIS QUE NI CET IMBÉCILE DE MÉDECIN NI MON IDIOT DE SECRÉTAIRE NE SONT CAPABLES DE FAIRE LEUR TRAVAIL CORRECTEMENT.
PFFF

CRAAAC
ÉCOUTE-MOI BIEN.
SI QUICONQUE OSE SE METTRE UN TANT SOIT PEU EN TRAVERS DE MON CHEMIN...
TU USERAS DE TOUS LES MOYENS POSSIBLES POUR L'ÉLIMINER.
TADAM
PSSHHH
ET CETTE FOIS, JE NE TOLÉRERAI PAS LA MOINDRE EXCUSE.

QUI TE FAIT
LE PLUS PEUR ?
LUI OU MOI ?
TOI...

MOUHAHAHAHAHAHA

BAEKKYUNG
WIP
WIP
N'Y A-T-IL RIEN D'AUTRE AU PLANNING POUR CE SOIR, M. YOON ?
C'EST EXACT. IL N'Y A RIEN D'AUTRE DE PRÉVU, MADAME.
FIOU
JE VOIS.
TAC
DANS CE CAS, NOUS DEVRIONS RENTRER.
CRI
TRÈS BIEN, MADAME. JE VAIS FAIRE PRÉPARER LA VOITURE.
?!

GNNN
...
VOUS DEVRIEZ ESSAYER CECI, MADAME.
N-JOO NAM
?!
QU'EST-CE QUE...
COLLYRE
CE SONT DES LARMES ARTIFICIELLES.
IL M'A SEMBLÉ RÉCEMMENT QUE VOUS SOUFFRIEZ DE FATIGUE OCULAIRE, ALORS JE GARDAIS CE FLACON SUR MOI, AU CAS OÙ.
AH... JE VOUS REMERCIE.

BON, JE VOUS LAISSE.
UN INSTANT...
GNIP
SI VOUS ÊTES LIBRE CE SOIR...
SU-HO ?
VOUS NE VOUDRIEZ PAS ALLER BOIRE UN VERRE AVEC MOI...
...
AH...

NON, EXCUSEZ-MOI. NE FAITES PAS ATTENTION, M. YOON. ÇA M'A ÉCHAPPÉ...
JE VOUS REMERCIE, MAIS JE VAIS ATTENDRE QUE VOUS AYEZ FINI...
ÇA IRA, JE VOUS DIS...
EST-CE QUE PAR HASARD, QUELQUE CHOSE VOUS TRACASSE ?
DITES À VOTRE ÉQUIPE DE PARTIR ET RENTREZ, VOUS AUSSI. JE NE VAIS PAS TARDER NON PLUS.
NON, J'AI PARLÉ SANS RÉFLÉCHIR, ALORS N'Y PENSEZ PLUS ET PARTEZ EN PREMIER.
...
TRÈS BIEN, DANS CE CAS...
JE VOUS VERRAI DEMAIN.
CLAC
JE SUIS FOLLE... QU'EST-CE QU'IL M'A PRIS DE LUI PROPOSER D'ALLER BOIRE UN VERRE...? JE DIVAGUE, ÇA DOIT ÊTRE À CAUSE DE MES INSOMNIES...
VOUS M'EN VOYEZ NAVRÉ, SACHANT QUE CELA TOUCHE VOTRE FAMILLE...

MAIS POUR PRÉSERVER L'AVENIR DU GROUPE, J'ESPÈRE QUE VOUS ALLEZ FINALEMENT ADMETTRE LA NÉGLIGENCE DE JI-AN ET PRENDRE UNE DÉCISION RATIONNELLE.
JE VOUS LE DEMANDE EN TANT QU'ACTUEL PRÉSIDENT DU GROUPE, HYUN-JOO.
POURQUOI...
AS-TU RETIRÉ LA BOÎTE NOIRE DE TA VOITURE...?
QUE CACHE DONC TON ACCIDENT, JI-AN...?

Chapitre 10

Take Me, I'm Yours

ENFIN, C'EST LE DERNIER...
FLAP
FLAP
J'AI FINI...
PÊLE-MÊLE
EN DÉSORDRE
MA LESSIVE !
MAIS...
POURQUOI JE DOIS ENDURER ÇA À CHAQUE FOIS QUE JE LAVE MON LINGE ?! MA CHAMBRE EST DÉJÀ ASSEZ PETITE ET MINABLE COMME ÇA, MAIS JE DOIS VIVRE ENCORE PLUS À L'ÉTROIT ET DANS L'HUMIDITÉ !
HAA...
ÉTROIT
OUIIIIN !!
ÉTROIT
PLUS J'Y PENSE, PLUS ÇA ME MET EN ROGNE !!

ET ENCORE, SI C'ÉTAIT JUSTE AU MOMENT DE LAVER MON LINGE… MAIS DEPUIS QUE "CETTE CHOSE" EST CHEZ MOI, JE NE ME SUIS PLUS JAMAIS SENTIE À L'AISE DANS MA PROPRE MAISON !
POURQUOI FAUT-IL QUE JE ME COLTINE SA PRÉSENCE JUSQUE CHEZ MOI, HEIN… ?
EN PLUS, LE LOYER EST CHER, J'EN AI VRAIMENT MA CLAQUE !!
HÉ HÉ
HÉ
COMME C'EST CONFORTABLE DE POUVOIR RESTER EN SOUS-VÊTEMENTS !!
SNIFF…
CHAN-YANG, ÇA VA ?
T'ES TOMBÉE SUR LA TÊTE, MA PAUVRE ! ÇA FAIT SI LONGTEMPS QUE T'ES PAS SORTIE AVEC UN MEC POUR QUE TU VOIES CE SPECTRE COMME UN HOMME ?
DÉPÊCHE-TOI D'ALLER PRENDRE UNE DOUCHE GLACÉE POUR TE RAFRAÎCHIR LES IDÉES !!
BABOUM
BABOUM
POUHAA!
HIIII
AH, TU TOMBES BIEN, CHAN-YANG. J'ALLAIS JUSTEMENT T'APPELER.

TU AS LAISSÉ TOMBER ÇA QUAND TU TRANSPORTAIS TON LINGE.
J'AI PENSÉ QUE ÇA N'AURAIT PAS ÉTÉ CORRECT DE TE L'APPORTER MOI-MÊME.
GLOUPS
QUÉSACO ?
????????????
HA HA HA HA !! JE ME DEMANDAIS OÙ ÉTAIT PASSÉ CE TORCHON, IL ÉTAIT DONC LÀ !!
N'IMPORTE QUOI, TU VOIS BIEN QUE C'EST UNE CULOT...
FRSH
FRSH
FRSH
OUAH... J'AI EU RAISON DE LE FAIRE BOUILLIR AVANT DE LE PASSER À LA MACHINE, IL NETTOIE SUPER BIEN !! C'EST NICKEL !!
TING
CINQ MINUTES PLUS TARD
COMME C'EST PROPRE ! IL N'Y A RIEN DE TEL QU'UN TORCHON SPÉCIAL POUR TOUT NETTOYER !!
INTÉRESSANT. C'EST DONC ÇA QU'ON APPELLE L'ÉCONOMIE CRÉATIVE ?
LES GENS ORDINAIRES UTILISENT LEURS SOUS-VÊTEMENTS EN GUISE DE TORCHONS ?
TING
TING
TING
TING
KYAAAH...

OK ! T'AS GAGNÉ ! CE N'EST PAS UN TORCHON, MAIS UNE CULOTTE ! LÀ, T'ES CONTENT ? IL FAUT VRAIMENT QUE TU L'ENTENDES DE MA BOUCHE ?!
RHAAAAA
FROUTCH
ÇA A ÉTÉ POUR MOI UNE EXPÉRIENCE À LA FOIS CHOQUANTE ET NOUVELLE, CHAN-YANG.
PRENDS DONC CETTE CULOTTE QUI TE PLAÎT TANT ET FAIS-EN UN MASQUE ! ET POURQUOI TU NE TE PRENDRAIS PAS EN PHOTO AVEC, SALE PERVERS ?!
MA PAROLE, IL N'A PAS UNE ONCE DE TACT !!
!!
HEIN...? MOI... UN PER... QUOI...?
HA !
AH LÀ LÀ...
QUOI QU'IL EN SOIT, MÊME DANS MA PROPRE MAISON, JE N'AI PLUS D'INTIMITÉ. ZÉRO, NADA...
SI JE DOIS CONTINUER À VIVRE AVEC UN PERVERS, IL FAUT QUE J'EMMÉNAGE DANS UN PLUS GRAND APPARTEMENT, PFFF...
GRRR
HA !
GRRR
AH, TU COMPTES CONTINUER À VIVRE AVEC MOI ?
GRRR
DÉSOLÉ, MAIS COMMENT TE DIRE... MOI, JE N'EN AI PAS, MAIS ALORS PAS DU TOUT L'INTENTION, TU SAIS ?

MAIS... MAIS QUI VOUS A DIT QUE J'AVAIS ENVIE DE VIVRE AVEC VOUS ? VOUS SAVEZ TRÈS BIEN QUE CE N'EST PAS CE QUE J'AI VOULU DIRE !!
WIP
NON, NON, NE T'EN FAIS PAS. JE COMPRENDS TOUT À FAIT CE QUE TU RESSENS.
QUAND EST-CE QUE TU POURRAIS RENCONTRER UNE CRÉATION AUSSI PARFAITE QUE MOI ? CONTEMPLE-MOI TANT QUE TU LE PEUX ENCORE...
BRR
BRR
ON DIRAIT VRAIMENT...
QU'IL VOUS MANQUE UN BOULON.
PAF
Q... QUOI ?
HÉ HÉ
D'AILLEURS, OÙ EST-CE QUE J'AI MIS LE TOURNEVIS, DÉJÀ ?
IL FAUT QUE JE REVISSE LE PORTE-SERVIETTE DE LA SALLE DE BAINS...
AH C'EST VRAI, JE N'EN AI PAS. IL VA FALLOIR QUE JE M'EN ACHÈTE UN. VOUS POURRIEZ ME LE RAPPELER À LA SORTIE DU BUREAU DEMAIN...?

ESPÈCE DE SALE PERVERS À QUI IL MANQUE UN BOULON.
VOUS N'OUBLIEREZ PAS POUR LE TOURNEVIS, HEIN ?
HÉHÉ
HAHAHA
JE COMPTE SUR VOUS ! MOI, JE VAIS PRENDRE UNE DOUCHE.
VLAM
PERVERS + TARÉ = COCKTAIL EXPLOSIF
UN PERVERS TARÉ ?!
MOI QUI AI VÉCU 32 ANS D'UNE VIE SANS LA MOINDRE FAUSSE NOTE... JE SUIS... QUOI... ?

BRR
BRR
BRR
BRR
HI HI HI...
PSSHHH...
TU NE PERDS RIEN POUR ATTENDRE, MA PETITE. DÈS QUE TU SORTIRAS DE LA SALLE DE BAINS, TU VAS VOIR DE QUEL BOIS JE ME CHAUFFE !
GRRR
GRRR
LA LA LA LA LA LA...
PSSHHH...
GRRR
C'EST IGNOBLE ! C'EST VRAIMENT IGNOBLE !!
JE VAIS TE FAIRE PAYER AU CENTUPLE POUR TOUTE LA COLÈRE QUE JE M'EFFORCE DE CONTENIR DEPUIS TOUT À L'HEURE. ALORS DÉPÊCHE-TOI DE SORTIR AVANT QU'ELLE NE RETOMBE !
IL FAUDRAIT D'ABORD QU'ELLE SORTE...
PSHHT
GRRR
POURQUOI ELLE PREND AUTANT DE TEMPS ?
OH ?!
AAARRGH !!
BADABOUUM !

FFFH
EH, CHAN-YANG ?
SSHH
TU ES TOMBÉE ? TU NE SERAIS PAS EN TRAIN DE ME FAIRE UNE BLAGUE, HEIN ?
BANG
BANG
EH, RÉPONDS-MOI !
SI TU NE RÉPONDS PAS, JE VAIS ENTRER, OK ?
CHAN-YANG !!
BANG
PLIC
BANG
PLOC
CHAN-YANG !!
PLOC
TU VAS RÉPONDRE, OUI ?

OUVRE
CHAN-YANG !!
FRRRR

CHAN-YANG...
BABOUM

ALORS, QUE S'EST-IL RÉELLEMENT PASSÉ ?
BAAAH, JE ME SUIS ÉVANOUIE.

MOUHAHAHAHAHAHA

MON DIEU...
C'EST QUOI...
CETTE POSTURE INDÉCENTE, CHAN-YANG ?!
TADAM

Chapitre 11

Take Me, I'm Yours

FROU-TCH
EN PLUS, IL A FALLU QU'ELLE TOMBE DANS CETTE POSI-TION !
ELLE A GLISSÉ EN ESSAYANT DE SE CHANGER ?
TU VAS SENTIR LES ÉGOUTS SI TU RESTES AFFALÉE LÀ COMME UNE PIEUVRE. ALLEZ, RÉVEILLE-TOI, CHAN-YANG.
HEUREUSEMENT, ON DIRAIT QU'ELLE A JUSTE PERDU CONNAISSANCE...
BEURK, ÇA PUE !
C'EST QUOI CETTE TÊTE...
ZZZ
CRIII
CRIII
WIP

ELLE A DIT TOUT À L'HEURE QUE LE PORTE-SERVIETTE TENAIT MAL...
ÇA A DÛ SE CASSER QUAND ELLE S'EST AGRIPPÉE POUR NE PAS GLISSER.
IL FAUT QU'ON ACHÈTE UN TOURNEVIS, NE L'OUBLIEZ PAS.
HA HA HA HA
CE N'ÉTAIT DONC PAS DES PAROLES EN L'AIR...
SES VÊTEMENTS SONT TREMPÉS À CAUSE DU SOL MOUILLÉ...
IL PARAÎT QUE C'EST DANGEREUX DE DÉPLACER UNE PERSONNE IN-CONSCIENTE...
SSHH
MAIS JE NE PEUX PAS NON PLUS LA LAISSER COMME ÇA...
ELLE NE VOUDRAIT SÛREMENT PAS QUE SON LIT SOIT SALI...

POUF
ÉTANT DONNÉ LES CIRCONSTANCES, JE NE PEUX PAS APPELER LES URGENCES…
ET COMME IL FAIT PLUS FRAIS, ELLE RISQUE D'ATTRAPER FROID SI ELLE RESTE TREMPÉE…
IL VAUT MIEUX L'ALLONGER SUR LE CANAPÉ.
BON SANG… JE SUIS DANS DE BEAUX DRAPS…
AAARGH !!
FRSH
AAAAAAH
…

SSHA
CHAN-YANG...
NE ME DIS PAS...
QUE TU ES RETOURNÉE DANS CET ENDROIT, HEIN ?
IL NE FAUT PAS QUE TU Y AILLES.
NE T'ÉGARE PAS SUR CES SENTIERS HOSTILES ET REVIENS VITE.
SEULE, C'EST TROP DANGEREUX.
TU N'AS AUCUN SENS DE L'ORIENTATION, IL NE FAUDRAIT PAS QUE TU TE PERDES...
CHAN-YANG...

SSHHH
MA MAIN...
POURQUOI... EST-CE QUE VOUS TENEZ... MA MAIN...?
HWIP
GLOUPS
!!
TU... TU ES RÉVEILLÉE ? TU N'AS RIEN DE CASSÉ AU MOINS, CHAN-YANG ?
HOP
JE... JE TE TENAIS LA MAIN POUR VÉRIFIER TON POULS, COMME TU ÉTAIS INCONSCIENTE DEPUIS LONGTEMPS...
...
CE... C'EST PAS CE QUE TU CROIS ! J... JE NE POUVAIS PAS TE LAISSER COMME ÇA, TES VÊTEMENTS ÉTAIENT TREMPÉS !!

TU AS... VU ?
JE N'AI RIEN VU DU TOUT. JE T'AI RHABILLÉE AVEC LES YEUX FERMÉS, EN ME FIANT À MON INSTINCT !! TIENS, REGARDE ! JE T'AI MÊME MIS TON HAUT À L'ENVERS !
HAA... TU PEUX ME TRAITER DE TARÉ OU DE PERVERS SI ÇA TE CHANTE...
MAIS ALLONS D'ABORD À L'HÔPITAL, CHAN-YANG !
SNIF...
HEIN ?!
JE...
JE N'EN PEUX PLUS...!
OUIIN... JE... N'Y ARRIVE PLUS... JE NE PEUX MÊME PLUS ME CHANGER... DANS LA SALLE DE BAINS... BOUH... C'EST VRAIMENT TROP DUR...
SNIFF...
SNIFF...
LE SOL... SNIF... GLISSE TROP... ET COMME... MON CORPS... EST TOUT MOUILLÉ... ÇA COLLE DE PARTOUT !

JE SAVAIS QUE ÇA ALLAIT SE PASSER COMME ÇA ! MAIS QU'EST-CE QUE J'AI FAIT POUR MÉRITER ÇAAAAAAA ?! JE N'AI MÊME PLUS LE DROIT DE ME SENTIR À L'AISE DANS MA PROPRE MAISON !!
OUIIIIIIIN !
C'EST MA FAUTE, PARDONNE-MOI...
PAS UN SEUL INSTANT JE N'AI SONGÉ À TE RENDRE LA VIE INCONFORTABLE...
IL N'Y A PAS GRAND-CHOSE QUE JE PUISSE FAIRE...
!!
J'AI MANQUÉ DE TACT.
MAIS LA PROCHAINE FOIS QUE TU VOUDRAS PRENDRE UNE DOUCHE OU ÊTRE SEULE, PRÉVIENS-MOI.

JE M'ÉCLIPSERAI.
SI VOUS ÊTES VRAIMENT DÉSOLÉ...
JE PEUX VOUS FRAPPER AVEC UNE POÊLE ?
POUR EFFACER DE VOTRE MÉMOIRE LE SOUVENIR DE MON CORPS.
BAM !!
À EN JUGER PAR LES ÂNERIES QUE TU ES EN TRAIN DE PROFÉRER, À PART LA BOSSE, ON DIRAIT QUE TA TÊTE EST INTACTE.
LÈVE-TOI, QUE JE PUISSE VÉRIFIER QUE TU NE T'ES PAS BLESSÉE AILLEURS.
À PART QUELQUES COURBATURES, JE CROIS QUE ÇA VA...
RLLL
ON NE SAIT JAMAIS. ALLEZ, LÈVE-TOI.
AÏE
AH !

ON DIRAIT... QUE JE ME SUIS TORDU LA CHEVILLE GAUCHE.
QU'EST-CE QU'IL Y A ? TU AS MAL QUELQUE PART ?
MONTRE-MOI TA CHEVILLE.
SSH
HEUREUSEMENT QUE TU AS UNE TROUSSE DE SECOURS À LA MAISON.
PRENDS UN CONGÉ MALADIE DEMAIN ET VA VOIR UN MÉDECIN.
JE NE VAIS PAS POSER UN CONGÉ POUR SI PEU... ÇA IRA.
QUELLE TÊTE DE MULE, DÉCIDÉMENT...
DANS CE CAS, DÈS QUE TU ARRIVES AU BUREAU, PASSE À L'INFIRMERIE. COMPRIS ?
D'ACCORD, MAIS NE SERREZ PAS TROP FORT, ÇA RISQUE DE BLOQUER LA CIRCU-LATION SANGUINE.
CE N'EST PAS POUR RIEN QUE ÇA S'APPELLE UN BANDAGE DE COMPRESSION. ÇA NE SERT À RIEN SI ON MAINTIENT PAS LA PRESSION.
ÇA A L'AIR D'ÊTRE VOTRE GRANDE SPÉCIALITÉ DE METTRE LES GENS SOUS PRESSION.

JE SUIS NÉ COMME ÇA.
ALORS, TU VAS M'ÉCOUTER ET TE RENDRE SANS FAUTE À L'INFIRMERIE DEMAIN, CHAN-YANG.
...
GNIP
D'ACCORD... J'IRAI.

HÔPITAL BAEKKYUNG
QUEL DOMMAGE DE GÂCHER UNE CHAMBRE D'HÔPITAL POUR UN PATIENT QUI NE FAIT QUE RESPIRER.
TU NE CROIS PAS ?
BIP...
DIRECTEUR NAM.
BIP...

BIP...
JE T'ENVIE, TU SAIS...
BIP...
TAP
TAP
LE GROUPE LUTTE POUR NE PAS SOMBRER...
CRRR
ET TOI, TU ES ALLONGÉ LÀ, À TE LA COULER DOUCE.
SI SEULEMENT TU ÉTAIS MORT PROPREMENT...
BIP
ÇA AURAIT ARRANGÉ NOS AFFAIRES, À TOUS LES DEUX.
EST-CE QUE ÇA VALAIT LA PEINE DE SURVIVRE...?
ALORS...

NE TE RÉVEILLE JAMAIS ET CRÈVE, TU M'ENTENDS ?
FAIS-MOI CETTE FAVEUR, DIRECTEUR NAM.

MAIS TU VAS EMPÊCHER CETTE ORDURE DE NUIRE, OUI ?!
MAIS COMMENT ?!

Chapitre 12

Take Me, I'm Yours

baegyeong hospital
HÔPITAL BAEKKYUNG
D'OÙ VIENNENT CES FLEURS ?
LE PRÉSIDENT KANG-JOON LIM LES A APPORTÉES HIER LORS DE SA VISITE.
LE PRÉSIDENT LIM, VOUS DITES ?
OUI, IL LUI REND VISITE DE TEMPS EN TEMPS... VOUS N'ÉTIEZ PAS AU COURANT, MADAME ?
IL A L'AIR SI ATTENTIONNÉ QUE N'IMPORTE QUI POURRAIT LE PRENDRE POUR UN MEMBRE DE LA FAMILLE !
JE VOIS.
MAIS POURQUOI... ?

JE CROYAIS QUE C'ÉTAIT LE GENRE DE PERSONNE À NE PAS BOUGER LE PETIT DOIGT DÈS LORS QU'IL N'Y A AUCUN PROFIT EN JEU...
VOILÀ DÉJÀ LONGTEMPS QUE LES AUTRES MEMBRES DU CONSEIL D'ADMINISTRATION, PARMI LES PLUS PROCHES DE MON GRAND-PÈRE, ONT CESSÉ LES VISITES...
MAIS SI CE N'EST PAS LE CAS...
DANS TROIS MOIS, IL N'AURA PLUS AUCUN LIEN AVEC BAEKKYUNG... ALORS POURQUOI PERSISTE-T-IL À RENDRE VISITE À JI-AN...?
ME SERAIS-JE DONC TROMPÉE SUR SON COMPTE DEPUIS LE DÉBUT ?
MADAME LA DIRECTRICE.
?!

SST
JE SUIS VENU VOUS RACCOMPAGNER.
SI L'ON EN CROIT UN ARTICLE DU DIGITIMES DE TAÏWAN FAISANT ÉTAT D'UNE PÉNURIE DE COMPOSANTS EN CHINE, IL SEMBLERAIT QUE NOUS SOYONS CONTRAINTS DE RÉDUIRE NOTRE VOLUME DE PRODUCTION...
SSHH...
TAC
DANS CE CAS, NOUS NE POURRONS SÛREMENT PAS ATTEINDRE NOS OBJECTIFS DE MISE SUR LE MARCHÉ. COMMENT SE PRÉSENTE LA SITUATION DE NOTRE CÔTÉ ?
POUR L'INSTANT, NOS PRÉVISIONS EN TERMES DE PRODUCTION D'ÉCRANS RESTENT INCHANGÉES.
VOULEZ-VOUS QUE JE VOUS METTE EN LIEN AVEC LE MANAGER PYUNG-KWAN LIM ?
NON, DEMANDEZ-LUI PLUTÔT DE PASSER AU SIÈGE DEMAIN. J'AI QUELQUE CHOSE D'IMPORTANT À LUI DIRE.
AH, AU FAIT...
CECI.

VOUS N'EN AVEZ PAS UN AUTRE ? J'AI PRESQUE FINI CE FLACON.
AH, VOUS L'UTILISEZ ENCORE ?
OUI, VOUS NE M'EN AVEZ PAS DONNÉ D'AUTRES DEPUIS.
UNE FOIS LE FLACON ENTAMÉ, IL PEUT Y AVOIR UN RISQUE D'INFECTION, ALORS ÉVITEZ DE VOUS EN SERVIR TROP LONGTEMPS.
TENEZ.
MERCI.
VOUS AUSSI, VOUS SOUFFREZ DE SÉCHERESSE OCULAIRE, M. YOON ?
IL M'A SEMBLÉ QUE VOUS AVIEZ TOUJOURS UN DE CES FLACONS SOUS LA MAIN.
NON, JE N'EN SOUFFRE PAS.
PLOC...
JE VOIS.
ALORS DONNEZ-M'EN SOUVENT. JE VAIS UTILISER CE FLACON TANT QUE VOUS NE M'EN AUREZ PAS PROCURÉ UN AUTRE.
TRÈS BIEN.
AH, ET PUIS...

VOTRE NOUVELLE
COUPE DE CHEVEUX VOUS
VA À MERVEILLE...
SU-HO.
...
MERCI.

PARC HANSOL
VOYONS... UNE "RELATION TENDRE"...
POUR UNE PUBLICITÉ POUR PORTABLE, VOUS AVEZ CHOISI UN CONCEPT PLUTÔT SENTIMENTAL.
GRÂCE À VOUS, J'AI L'IMPRESSION DE M'INVESTIR DANS UNE VRAIE MISSION POUR LA PREMIÈRE FOIS DEPUIS LONGTEMPS.
À L'HEURE OÙ NOS PRINCIPAUX CONCURRENTS CHINOIS MISENT AVANT TOUT SUR L'INNOVATION, NOUS AVONS BESOIN D'UNE APPROCHE DAVANTAGE AXÉE SUR LES ÉMOTIONS.
IL FAUT EN EFFET ADMETTRE QU'À L'ÈRE DES MÉNAGES DE CÉLIBATAIRES, LE PORTABLE REMPLIT DÉSORMAIS UN RÔLE BIEN PLUS IMPORTANT QUE CELUI D'UN SIMPLE APPAREIL.
MÊME SI SEUNG-MIN ET MOI SOMMES LES MIEUX PLACÉS POUR BIEN CERNER LES BESOINS DE LA GAMME UNIQUE 4, SACHANT QUE NOUS SOMMES LES PLUS JEUNES DE NOTRE ÉQUIPE ET QUE NOUS VIVONS SEULS...
VOUS NE PENSEZ PAS QUE C'EST UN PEU CRUEL DE NOUS DEMANDER D'ABORDER LE CONCEPT DE NOTRE POINT DE VUE DE CÉLIBATAIRES ?
LA TRISTE TROUPE DES CÉLIBATAIRES
BOUM
C'EST UNE MISSION COMPLÈTEMENT IMMORALE.
BOUM
COMMENT SE FAIRE BOMBARDER PAR LES FAITS
NOTRE MISSION CONSISTE À FAIRE RESSORTIR LES PRINCIPAUX ATOUTS DE NOTRE NOUVEAU MODÈLE ET D'EN FAIRE LA PROMOTION LORS DU PROCHAIN SALON IFA. IL IMPORTE DONC DE PRENDRE EN COMPTE TOUS LES POINTS DE VUE POSSIBLES.
EN TOUT CAS, MOI, J'AI FINI DE MANGER...
POUC
JE FERAIS MIEUX DE NETTOYER ÇA POUR QUE NOUS PUISSIONS CONTINUER À RÉFLÉCHIR AU CONCEPT DE "RELATION TENDRE" UNE FOIS À LA MAISON.

DONNE. JE VAIS ALLER JETER TOUT ÇA.
HEIN ? NON, C'EST BON. JE M'EN OCCUPE.
N'OUBLIE PAS QUE TU T'ES FOULÉ LA CHEVILLE. JE NE VEUX PAS QUE TU VIENNES ME LE REPROCHER PLUS TARD SI ÇA EMPIRE.
MAIS ÇA VA ALLER, JE VOUS DIS...
MIEUX VAUT PRÉVENIR QUE GUÉRIR, TU NE CROIS PAS ?
FIUT
TAC TAC
PFFF...
OUI, OUI...
MONSIEUR NAM, AVEZ-VOUS DÉJÀ EU UNE RELATION AMOUREUSE ?
AH... POURQUOI J'AI COMME L'IMPRESSION QUE TU VAS ENCHAÎNER DERRIÈRE EN DISANT "NON, N'EST-CE PAS ?"

NE ME DITES PAS QUE QUELQU'UN D'AUSSI DÉBORDÉ QUE VOUS AVAIT LE TEMPS DE S'ENGAGER DANS UNE RELATION ?
J'ÉTAIS PEUT-ÊTRE OCCUPÉ, MAIS J'AI TOUJOURS TROUVÉ DU TEMPS POUR MA VIE PRIVÉE.
OH...
ALORS, À QUAND REMONTE CETTE RELATION AMOUREUSE ?
EN QUOI ÇA T'INTÉRESSE ?
POUF
C'EST PARCE QUE JE DOIS TROUVER DES IDÉES POUR LES BESOINS DE NOTRE PROJET.
C'EST UNE HISTOIRE QUE MÊME LES MÉDIAS N'ONT PAS PU COUVRIR, ALORS TU N'EN SAURAS RIEN.
BEN VOYONS ! EN FAIT, VOUS N'AVEZ JAMAIS EU DE PETITE AMIE, HEIN ?!
INUTILE DE ME LE CACHER, HA HA !
HA HA, QUOI ?
ÉCOUTE-MOI BIEN, CHAN-YANG !
HOP !
!!

AVEC CE PHYSIQUE...
CE VISAGE...
ET UN NOM AUSSI PRESTIGIEUX QUE LE MIEN, TU CROIS VRAIMENT QUE JE N'AI AUCUNE EXPÉRIENCE EN LA MATIÈRE ?
GLOUPS
UNE CONFIANCE EN SOI À TOUTE ÉPREUVE...
JE VOIS QUE VOUS AVEZ AU MOINS LA DÉCENCE DE NE PAS CITER VOTRE CARACTÈRE...
OUI, OUI, BIEN SÛR...
RIEN QU'À LE REGARDER, ÇA ME MET MAL À L'AISE...
MAIS QUAND MÊME, IL NE S'AGISSAIT PAS D'UNE RELATION TRÈS TENDRE, N'EST-CE PAS ?
TAP
ÇA DÉPEND DES POINTS DE VUE.
LES HOMMES COMME MOI, MÊME COUVERTS DE BANDAGES, TROUVERONT TOUJOURS DES FEMMES POUR TOMBER SOUS LEUR CHARME.
AAARGLL
M... MAIS NON, JE NE PARLAIS PAS DE ÇA !

GRRRMM...
ÇA FAIT SI LONGTEMPS QUE JE N'AI PAS ÉTÉ DANS UNE RELATION. ALORS UNE QUI SOIT TENDRE, TU PARLES... MÊME UNE RELATION BANALE, J'AI DU MAL À SAISIR LE CONCEPT...
GRRRMM...
CE... CE CONCEPT EST DÉCIDÉMENT TROP DIFFICILE À CERNER POUR MOI.
CHAN-YANG...
TU ÉTAIS COMMENT, QUAND TU ÉTAIS AMOUREUSE ?
QUOI ?
QUEL GENRE DE FEMME TU ÉTAIS QUAND TU ÉTAIS DANS UNE RELATION AVEC QUELQU'UN ?
JE... JE NE SAIS PLUS. J'AI FRÉQUENTÉ QUELQU'UN PAS TRÈS LONG-TEMPS QUAND J'ÉTAIS À LA FAC.

C'EST BON. JE N'AI PAS ENVIE D'EN SAVOIR DAVANTAGE.
EH ! C'EST VOUS QUI M''AVEZ DEMANDÉ, IL ME SEMBLE !
ÇA NE M'INTÉRESSE PAS DU TOUT, JE TE DIS.
NON MAIS JE RÊVE ! VOUS FAITES VRAIMENT COMME BON VOUS SEMBLE, HEIN ?! DANS CE CAS, RACONTEZ-MOI VOS RELATIONS PASSÉES ! MOI, ÇA M'INTÉRESSE, VOUS SAVEZ !
HWIP
DING DING
EH BIEN, DISONS QUE MES HISTOIRES D'AMOUR ÉTAIENT ASSEZ MÉMORABLES.
TU VEUX QUE JE COMMENCE PAR QUOI ? LES RÉCITS DE MES AVENTURES TOUT PUBLIC ? À PARTIR DE 12 ANS ? 15 ANS ? OU MÊME PLUS ?
HA HA ! À VOIR L'EXPRESSION SUR TON VISAGE, ON DIRAIT QUE TU VEUX CARRÉMENT LA VERSION POUR PUBLIC AVERTI, NON ?
SSHH
BABOUM
AH, MAIS POUR QUI ME PRENEZ-VOUS ?! JE VEUX DES HISTOIRES TOUT PUBLIC, OK ?!
BABOUM
LAISSEZ TOMBER. DE TOUTE FAÇON, JE N'AI PAS BESOIN DE VOUS ÉCOUTER POUR SAVOIR QUE VOUS N'AVEZ SÛREMENT JAMAIS EU DE RELATION TENDRE ! J'AI ÉTÉ STUPIDE DE VOUS DEMANDER !

ON FERAIT MIEUX DE RENTRER !
SSHH
HWIP
UNE RELATION OÙ L'ON PEUT VOIR L'ÊTRE AIMÉ CHAQUE FOIS QU'ON LE DÉSIRE...
MAIS...
!!
MAIS... QU'EST-CE QUE VOUS FAITES ?!
OÙ L'ON VIT COLLÉS L'UN À L'AUTRE DU MATIN AU SOIR...

PARCE QUE LES 24 HEURES D'UNE JOURNÉE NE SUFFISENT PAS.
IL... IL EST... TROP PRÈS, LÀ !!
QU'EST... QU'EST-CE QU'IL SE PASSE ?
QU'EST-CE QU'IL LUI PREND TOUT À COUP ?!
TAC
?!
FFFH
J'AI...
J'AI VÉCU CE GENRE DE RELATION.
TU COMPRENDS MAINTENANT ?

AH... OUI...
BABOUM
BABOUM
JE CROIS QUE JE COMPRENDS TOUT À FAIT... VOTRE STYLE DE RELATION AMOUREUSE...
VRAIMENT...? MAIS ALORS, COMMENT SE FAIT-IL QU'UNE PERSONNE QUI COMPREND CE GENRE DE CHOSE AUSSI VITE...
NE S'EST MÊME PAS RENDU COMPTE QU'UN INSECTE EST RESTÉ COLLÉ DANS SES CHEVEUX ?! EN FIN DE COMPTE, TU ES AUSSI STUPIDE QUE TU EN AS L'AIR.
JE ME DEMANDAIS QUAND IL ALLAIT PARTIR.
AARGH !!
BZZZ...
MAIS... MAIS POURQUOI VOUS NE ME L'AVEZ PAS DIT PLUS TÔT, HEIN ?!
ET PUIS, QU'EST-CE QU'IL VOUS A PRIS DE ME L'ENLEVER DE CETTE FAÇON, HEIN ?
ARGH ! MAIS DE QUOI J'AI L'AIR, LÀ ?! ÇA M'APPRENDRA À ME FAIRE DES FILMS EN PASSANT POUR UNE CRUCHE !!
GRRR
GRRR
FRSH FRSH

SI
JE CONTINUE
COMME ÇA...
J'AI PEUR
QUE TU FINISSES
PAR DÉCOUVRIR MES
SENTIMENTS À
TON ÉGARD.
FSSHHH
JE... JE DOIS ALLER
QUELQUE PART.
NE M'ATTENDS PAS
ET RENTRE TE COUCHER.
HEIN...?
HWIP
MAIS... OÙ EST-CE
QUE VOUS ALLEZ
COMME ÇA ?!
FSSHHH
DIRECTEUR...?

POURQUOI ? TU AS PEUR LA NUIT, SANS MOI ?
MAIS QU'EST-CE QU'IL DIT ?!

MOUHAHAHAHAHAHA

Chapitre 13

Take Me, I'm Yours

TIC TAC
TIC TAC
TIC TAC
TIC
TIC
UNE RELATION OÙ L'ON PEUT VOIR L'ÊTRE AIMÉ CHAQUE FOIS QU'ON LE DÉSIRE...
OÙ L'ON VIT COLLÉS L'UN À L'AUTRE DU MATIN AU SOIR...

GRIP!
J'AI...
PARCE QUE LES 24 HEURES D'UNE JOURNÉE NE SUFFISENT PAS.
VÉCU CE GENRE DE RELATION.
TU COMPRENDS MAINTENANT ?
AAAARG

MAIS IL N'Y A RIEN À COMPRENDRE !!
PAF
QU'EST-CE QU'IL LUI A PRIS DE PARLER AUSSI SÉRIEUSEMENT DE SES RELATIONS PASSÉES ?
IL EST TELLEMENT IMBU DE SA PERSONNE !
i'm new
AAARRGH
COMME JE N'ARRÊTE PAS D'Y PENSER, JE N'ARRIVE PAS À DORMIR !!
SI JE VEUX ALLER TRAVAILLER DEMAIN, IL FAUT QUE JE DORME, ET VITE...
1:30
JEUDI
SSHH
IL EST DÉJÀ TRÈS TARD...
CRIII
PEUT-ÊTRE QU'UN VERRE DE LAIT CHAUD M'AIDERA À TROUVER LE SOMMEIL ?
SST...

ON DIRAIT...
COMME ON DIT, ON NE FINIT PAR REGRETTER UNE PERSONNE QUE LORS-QU'ELLE N'EST PLUS LÀ...
TAP...
i'm new
TAP...
QU'IL N'EST PAS ENCORE RENTRÉ...
IL FAUT DIRE QU'IL S'ÉTAIT UN PEU APPROPRIÉ CET ENDROIT, DU COUP, SON ABSENCE SE FAIT CLAIREMENT SENTIR.
TU M'AS MANQUÉ, MON CHER CANAPÉ...
POUF
TIC TAC
TIC TAC
TIC TAC
TIC TAC
POP
HUM...

TIC TAC...
IL NE REVENAIT PAS...?
ET SI...
TIC TAC...
SSHHH
JE SAVAIS POURTANT QU'IL DEVAIT REPARTIR DANS TROIS MOIS...
MAIS QUAND JE L'AI VU SE VOLATILISER SOUS MES YEUX...
POUR ÊTRE HONNÊTE, J'AI ÉTÉ UN PEU BOULEVERSÉE...

CELA DIT, JE SAIS QU'IL N'EST PAS DE CE MONDE, DONC C'EST NORMAL QU'IL DOIVE RETOURNER D'OÙ IL VIENT...
ATTENDS, NE ME DIS PAS QUE JE SUIS EN TRAIN DE REGRETTER SON DÉPART ?
I'm new
MAIS POURQUOI JE ME SENS SI ANXIEUSE ET SI SEULE... ?
LUI, JI-AN NAM ?!
TU ES TROP DRÔLE, MA PETITE CHAN-YANG. MAIS TU ES QUI POUR LUI, AU JUSTE...?
PAF !
HA HA...
JE N'ARRIVE PAS À CROIRE QUE JE M'INQUIÈTE POUR LUI !
FINALEMENT, C'EST PLUTÔT UNE BONNE CHOSE S'IL NE REVIENT PAS, NON ? ET PUIS, S'IL SE RÉVEILLE PLUS TÔT QUE PRÉVU, CE SERAIT UNE BONNE NOUVELLE POUR TOUS LES DEUX !
PFIOU...
CE CANAPÉ QUI AVAIT PERDU SA PROPRIO ! ET CE SALON ! JE PEUX ENFIN REPRENDRE MA PLACE, TROP COOL !!

SSHH...
ET PUIS, LE DIRECTEUR...
JE N'AI PAS BESOIN DE L'AVOIR SOUS LES YEUX POUR SAVOIR QUI IL EST.
REGARDEZ-MOI ÇA. PARCE QUE C'EST L'HÉRITIER D'UN CONGLOMÉRAT, IL SUFFIT DE TAPER SON NOM POUR VOIR SES PHOTOS S'AFFICHER...
TAP
NEVER
JI-AN N
TAP
TAP
FFFHH
JI-AN NAM
IMAGES FAQ VIDÉOS VUES
EST-CE QUE ÇA REMONTE À SES ANNÉES À LA FAC ? OUAH... ON DIRA T QU'IL FAISAIT TOUT UN TAS DE SPORTS.
ÉVIDEMMENT, COMME IL ÉTAIT ÉTUDIANT, IL FAIT BEAUCOUP PLUS JEUNE...
HA HA HA !
DÉCIDÉMENT...
I'm new
IL VIT DANS UN MONDE SI DIFFÉRENT DU MIEN...
ASIA FORUM 2017

QUAND IL SE RÉVEILLERA... IL HÉRITERA DU GROUPE, ET EN DEVIENDRA LE PRÉSIDENT...
FIDÈLE À LUI-MÊME, IL VIVRA UNE RELATION PASSIONNÉE AVANT DE SE MARIER.
TOUTES LES ÉTAPES DE SA VIE...
JE LES SUIVRAI SANS DOUTE TOUS LES JOURS AUX INFOS.
SI TOUT SE PASSE COMME ÇA... ÇA SERAIT VRAIMENT UNE BONNE NOU-VELLE...
UNE TRÈS BONNE NOUVELLE...
MAIS ALORS POURQUOI...
ÇA ME REND SI TRISTE...?

BIP
BIP
BIP
BIP
BIP
TAC

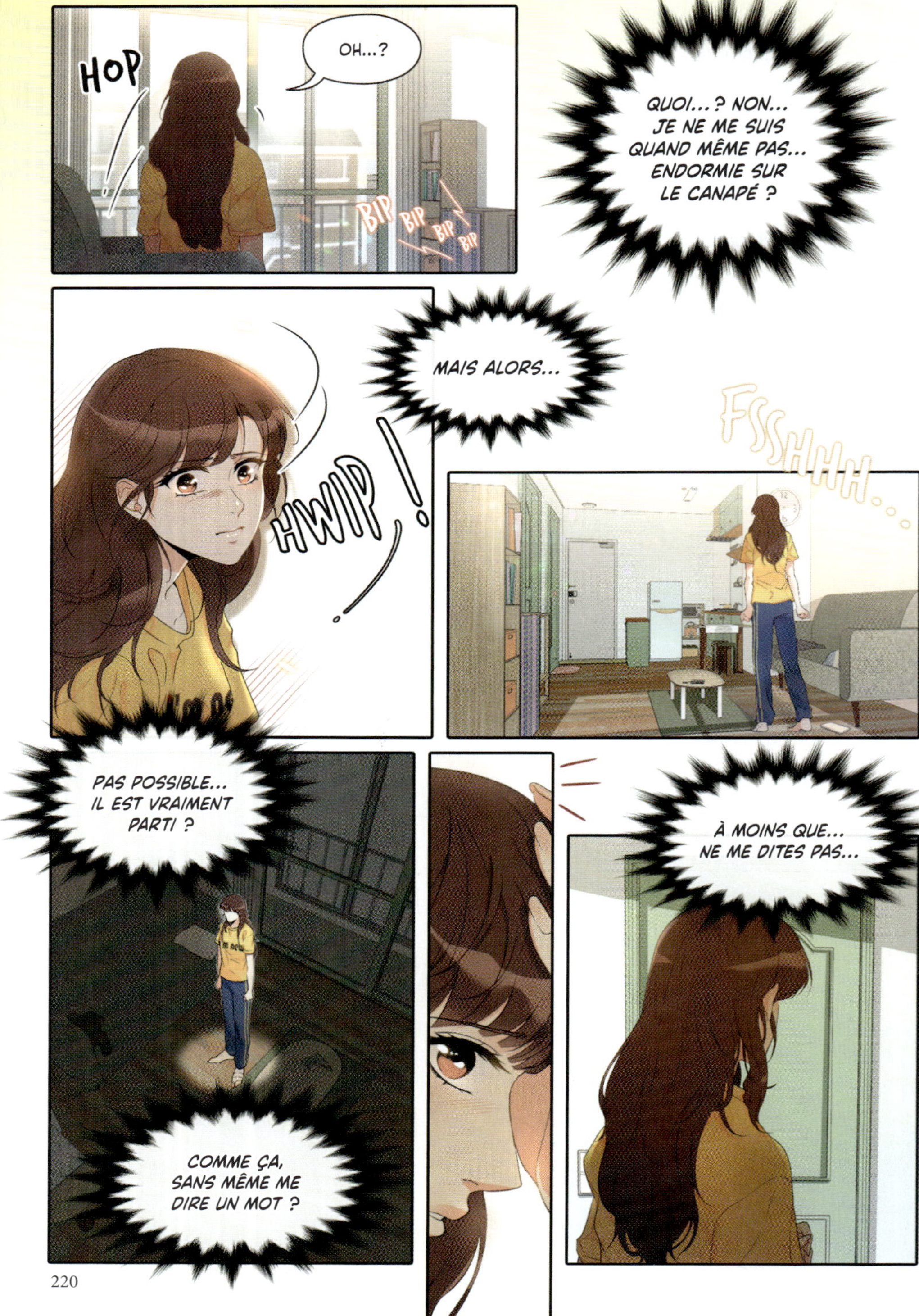
HOP
OH... ?
BIP BIP BIP BIP
QUOI... ? NON... JE NE ME SUIS QUAND MÊME PAS... ENDORMIE SUR LE CANAPÉ ?
MAIS ALORS...
HWIP !
FSSHHH...
PAS POSSIBLE... IL EST VRAIMENT PARTI ?
COMME ÇA, SANS MÊME ME DIRE UN MOT ?
À MOINS QUE... NE ME DITES PAS...

JE VOUS EN SUPPLIE...
BABOUM
...CRIII
S'IL POUVAIT...
BABOUM
BABOUM
BABOUM
BABOUM
ÊTRE...
LÀ...
FSSHHHH

AH...
TU ES RÉVEILLÉE ?
i'm new
FLOUUUUU
CHAN-YANG...
BABOUM
BABOUM
BABOUM
i'm new

JE T'AI MANQUÉ À CE POINT-LÀ ?
ARGH ! JE NE SAIS PLUS !!

MOUHAHAHAHAHAHA

Chapitre 14

Take Me, I'm Yours

AH...
QUAND... QUAND EST-CE...
SI TU ES RÉVEILLÉE...
HEIN ?!
MAIS BON SANG, ÇA FAIT COMBIEN DE FOIS QU'IL SONNE ?!
ÉTEINS L'ALARME DE TON PORTABLE. ÇA M'INSUPPORTE.
BRRR
J'AVAIS TELLEMENT L'ESPRIT AILLEURS QUE JE N'AI MÊME PAS ENTENDU MON RÉVEIL...
TAC
QU... QUAND ÊTES-VOUS RENTRÉ ?
À L'AUBE.
AH, JE VOIS... JE N'AI RIEN ENTENDU, JE PENSAIS QU'IL N'Y AVAIT PERSONNE.
DEPUIS TOUT CE TEMPS, VOUS ÉTIEZ DANS MA CHAMBRE ?
JE N'AVAIS PAS LE CHOIX. J'AI HORREUR DES CHAMBRES DE FILLE, MAIS JE DÉTESTE ENCORE PLUS DEVOIR COUCHER À DEUX SUR LE MÊME CANAPÉ.

SSHH...
ET DIRE QUE JE ME SUIS INQUIÉTÉE POUR LUI...
COU... COUCHER À DEUX... VOTRE CHOIX DE MOTS ME LAISSE PARFOIS PERPLEXE.
GRRR...
VOUS SAVEZ, J'AI PASSÉ UNE TRÈS MAUVAISE NUIT PARCE QUE JE NE VOUS AI PAS ENTENDU RENTRER !
LANCE UNE PIQUE SANS RAISON...
VRAIMENT ? POURTANT, J'AI VU QUE TU DORMAIS À POINGS FERMÉS.
CE N'EST PAS VRAI ! JE N'AI PAS FERMÉ L'ŒIL, JE VOUS DIS !!
TENEZ ! VOUS NE VOYEZ PAS CES CERNES SOUS MES YEUX ?!
C'EST MOI QUI MÉRITERAIS DE MANGER DU SAUMON AU PETIT DEJ, PAS VOUS !!
GRRRR
SSHH
DIS-MOI...

TU NE SERAIS PAS EN TRAIN DE ME REPROCHER DE T'AVOIR EMPÊCHÉE DE DORMIR ?
I'm new
HEIN...?
TU N'AS PAS PU FERMER L'ŒIL À CAUSE DE MOI ?
NON, CE N'EST PAS CE QUE JE VOULAIS DIRE...
IL ÉTAIT DÉJÀ TARD, ET VOUS ÉTIEZ CENSÉ RENTRER, ALORS COMME JE NE VOUS VOYAIS PAS ARRIVER, ÇA M'A UN PEU INQUIÉTÉE QUOI...
GLOUPS...
HWIP
SSHH
ALORS...
TU M'AS ATTENDU TOUTE LA NUIT...
PARCE QUE TU T'INQUIÉTAIS POUR MOI ?

QU... QU... QUOI...?
ARFGLLMM...
GLOUPS
ARFGLLMM...
MAIS... MAIS C'EST TOUT À FAIT NORMAL, NON ?!
À... À CAUSE DE VOUS, JE ME SUIS FAIT EMBAUCHER CHEZ BAEKKYUNG AVEC UN FAUX CV... SI JAMAIS VOUS DISPARAISSEZ...
ÇA NE TE SUFFISAIT PAS D'ÊTRE UN IMPOSTEUR ?! IL FAUT QUE T'EN RAJOUTES ?
NON ! M. NAM EST JUSTE ALLÉ FAIRE UN TOUR SUR LE CHEMIN DE L'AU-DELÀ ! IL SERA BIENTÔT DE RETOUR !
IL NE FAUDRAIT PAS QUE ÇA SE PRODUISE !
ET... ET... SI JE ME FAIS PRENDRE LA MAIN DANS LE SAC, ON VA ENQUÊTER SUR MOI ET ME POURSUIVRE EN JUSTICE !
VOUS... VOUS IMAGINEZ DANS QUEL PÉTRIN JE VAIS ME RETROUVER ?!
C'EST POUR ÇA...
QUE VOUS DEVEZ ABSOLUMENT TENIR VOTRE PROMESSE DE RESTE PENDANT TROIS MOIS... À MES CÔTÉS...
NE DISPARAISSEZ PAS SANS CRIER GARE, COMME HIER...
TIC
EUH... J'ÉTAIS PEUT-ÊTRE UN PEU TROP SÉRIEUSE, LÀ...?

JE VOIS QUE TU TE DONNES À FOND POUR CETTE MISSION, CHAN-YANG !
C'EST ENTENDU. MAIS TOI AUSSI, PROMETS-MOI DE NE PAS T'ENDORMIR AU BUREAU, OU JE CONFISQUE TON BADGE !
HWIP
MAIS COMMENT ÇA ?! JE... JE NE ME SUIS PAS ENDORMIE !!
TAP
TAP
J'AI POSÉ DES DOSSIERS SUR TON BUREAU, ALORS ÉTUDIE-LES.
AH, OK...
SINON... COMMENT VA TA CHEVILLE ?
I'm new
PARDON ?
AH...
ÇA VA...
GNNN
ET TA BOSSE À LA TÊTE ?
AH, ÇA ME FAIT ENCORE UN PEU MAL... MAIS ÇA VA ALLER.
I'm new
C'EST QUOI ? UN INTERROGATOIRE ?

HWIP
TRÈS BIEN. MAINTENANT...
...
TU DEVRAIS TE PRÉPARER POUR ALLER AU BUREAU...
À TOUT À L'HEURE, CHAN-YANG.
D... DIRECTEUR ! A... ATTENDEZ !!
WIP !
AH...

VOUS... VOUS NE VOULEZ PAS... JE VEUX DIRE... QU'ON... QU'ON... QU'ON... AILLE...
EN... ENSEMBLE... PREN... PRENDRE... LE MÉT...
AU TRAVAIL ! PROPOSE-LUI D'ALLER AU TRAVAIL ENSEMBLE ! DÉPÊCHE-TOI !!
TUUUUT
TAGADAM
PRENDRE LE MÉTRO DE L'ENFER ?
HÉ HÉ
NOPE.
HWIP
ARRÊTE DE DIVAGUER ET DÉPÊCHE-TOI D'ALLER BOSSER, CHAN-YANG !
ON DIRAIT QUE TA TÊTE N'EST PAS ENCORE RÉTABLIE.
TU N'ES QU'UNE IMBÉCILE, CHAN-YANG !!
SNIF
SSHH
SNIF
SNIF
PFFFF ! MAIS QU'EST-CE QUE ÇA LUI COÛTE D'Y ALLER AVEC MOI ? JE VOULAIS JUSTE EN APPRENDRE PLUS SUR LE CONCEPT DE RELATION TENDRE... C'EST SI EMBARRASSANT !
HIIIII
SNIFF

HEIN ?
UN TOURNEVIS ?
SSHH
J'ÉTAIS SI OCCUPÉE QUE J'AVAIS ZAPPÉ D'EN ACHETER UN...
COMMENT IL S'EST RETROUVÉ LÀ... ?
AH...
GRIP
GRIP
ÇA S'EST CASSÉ QUAND JE M'Y SUIS AGRIPPÉE POUR NE PAS GLISSER...
NON... C'EST QUAND MÊME PAS LUI QUI L'A RÉPARÉ... ?
HAA...

FINALEMENT, VIVRE AVEC QUELQU'UN...
ÇA A SES BONS CÔTÉS...
BABOUM
BABOUM
BABOUM

VOUS ALLEZ BIEN ?
FFFH
POUR EN REVENIR À L'ORDRE DU JOUR DE LA RÉUNION...
HYUN-JOO.
?!
DÉCIDÉMENT, IL N'EST PAS FACILE DE VOUS CROISER CES TEMPS-CI.
OUI... ÇA FAIT LONGTEMPS, M. LE PRÉSIDENT.
ÇA NE SERAIT PAS UN PEU EXCESSIF DE CÉDER 30% À LA DIRECTION ET AU PERSONNEL DU GROUPE ?
AU FAIT, POUR NOTRE NOUVELLE ÉMISSION D'ACTIONS, NOUS DEVRIONS JUSTE ALLOUER ENVIRON 70% À NOS ACTIONNAIRES HABITUELS.
À CE NIVEAU-LÀ, VOUS CROYEZ VRAIMENT QUE ÇA SOIT LE CAS ?
ET SI NOUS EN DISCUTIONS EN SALLE DE RÉUNION ? J'AURAIS ÉGALEMENT QUELQUE CHOSE D'IMPORTANT À VOUS DEMANDER.

AH, BIEN SÛR.
MESSIEURS, POUVEZ-VOUS NOUS LAISSER UN INSTANT ?
HWIP
HWIP
ALORS DITES-MOI, DE QUOI VOULIEZ-VOUS M'ENTRETENIR ?
FIOUP
POURQUOI...
POURQUOI NE M'AVEZ-VOUS PAS DIT QUE VOUS AVIEZ RENDU VISITE À JI-AN DANS SA CHAMBRE D'HÔPITAL ?
DOUDOUM

TU AS VU COMME MA SŒUR EST INTELLIGENTE ? PRENDS-EN DE LA GRAINE !
IL FAUT COM-PARER CE QUI EST COMPARABLE !

Chapitre 15

Take Me, I'm Yours

EH BIEN, JE VOUS ÉCOUTE.
POURQUOI NE M'AVEZ-VOUS PAS DIT QUE VOUS AVIEZ RENDU VISITE À JI-AN DANS SA CHAMBRE D'HÔPITAL ?
HAA...
JE NE VEUX PAS QUE VOUS VOUS MÉPRENIEZ SUR MES INTENTIONS.
J'AVAIS POURTANT FAIT PROMETTRE AU PERSONNEL MÉDICAL DE GARDER MA VISITE SECRÈTE...
JE NE VOULAIS PAS VOUS INQUIÉTER INUTILEMENT À UN MOMENT AUSSI CRUCIAL POUR L'AVENIR DE NOTRE GROUPE.
J'AI L'IMPRESSION D'AVOIR TRAHI VOTRE CONFIANCE MALGRÉ MOI. PARDONNEZ-MOI, HYUN-JOO.

AVIEZ-VOUS VRAIMENT BESOIN DE ME CACHER LA VÉRITÉ ?
GNIP_
EN TANT QUE MEMBRE DE SA FAMILLE, IL M'A ÉTÉ EXTRÊMEMENT DÉSAGRÉABLE D'APPRENDRE QUE VOUS AVIEZ RENDU VISITE À MON FRÈRE À MON INSU.
JE COMPRENDS CE QUE VOUS RESSENTEZ.
J'AI JUSTE PENSÉ QU'IL ÉTAIT DÉPLACÉ, COMPTE TENU DES CIRCONS-TANCES, DE VOUS FAIRE PART DE MON INTENTION DE LUI RENDRE VISITE.
QUE VOULEZ-VOUS DIRE ?
JE VEUX PARLER DE NOTRE PROJET D'INVESTISSEMENT EN INDE...
?!
EN FAIT, JE N'AI PAS ARRÊTÉ DE M'EN VOULOIR APRÈS VOUS AVOIR DEMANDÉ DE CONCLURE SANS PLUS TARDER À UN ACCIDENT, ALORS QU'IL S'AGIT DE LA VIE DE VOTRE FRÈRE.

IL VA SANS DIRE QUE C'ÉTAIT SANS DOUTE LE MEILLEUR CHOIX À FAIRE POUR UN DIRIGEANT QUI AGIT DANS L'INTÉRÊT DE SA SOCIÉTÉ...
MAIS JE RECONNAIS QUE JE N'AI FAIT AUCUN CAS DE VOS SENTIMENTS, HYUN-JOO...
C'EST POUR CETTE RAISON QUE J'AI JUGÉ TOUT À FAIT MALVENU DE VOUS INFORMER DE MON INTENTION DE RENDRE VISITE À JI-AN.
QUOI QU'IL EN SOIT...
JE SUIS DÉSOLÉ DE VOUS AVOIR CAUSÉ DU SOUCI, HYUN-JOO.
MAIS NON, M. LE PRÉSIDENT.
JE N'AURAIS PAS DÛ VOUS IMPORTUNER AVEC MES PROBLÈMES PERSONNELS...
JE COMPRENDS PARFAITEMENT. J'ESPÈRE QUE NOTRE DISCUSSION AURA AU MOINS SERVI À DISSIPER TOUT MALENTENDU ENTRE NOUS.
PARDONNEZ-MOI.
SI VOUS ÊTES VRAIMENT DÉSOLÉE...
TAC

QUE DIRIEZ-VOUS DE DÎNER AVEC MOI, CE SOIR ?
VOUS N'AVEZ QU'À M'INVITER.
QU'EN PENSEZ-VOUS ?
BRRRRR
PRÉSIDENT LIM
C'EST UN MESSAGE DU PRÉSIDENT LIM.
IL M'INFORME QU'IL VA DÎNER CE SOIR AVEC LA DIRECTRICE GÉNÉRALE...
DÎNER, VOUS DITES ?
AURAIT-ELLE AUTRE CHOSE DE PRÉVU DANS SON PLANNING CE SOIR ?
NON.
DANS CE CAS, JE SUPPOSE QUE NOUS DEVRIONS RÉSERVER DANS UN BON RESTAURANT...

M. YOON, QUE PENSEZ-VOUS DE CE RESTAURANT JAPONAIS OÙ VOUS AVEZ RÉCEMMENT EMMENÉ MADAME LA DIRECTRICE ? VOULEZ-VOUS QUE J'Y RÉSERVE UNE TABLE ?
NON, CHOISISSEZ PLUTÔT UN HÔTEL-RESTAURANT SITUÉ PRÈS DE L'HÔPITAL BAEKKYUNG.
ELLE A L'HABITUDE DE RENDRE VISITE À SON FRÈRE CHAQUE SOIR APRÈS LE TRAVAIL.
CRIII...
CELA NE ME FAIT RIEN.
APRÈS TOUT, LES OMBRES...
N'ONT AUCUNE EXPRESSION...
AUCUNE CONSCIENCE...

NI AUCUN SENTIMENT.
BABOUM
TAC
JE NE SAIS MÊME PAS CE QUE ÇA SIGNIFIE, AVOIR "UNE RELATION TENDRE"...
"UNE RELATION TENDRE"
GAMME UNIQUE
RLLL
RLLL
ON EST FOUTUS !!
MOI NON PLUS. J'AI PASSÉ TOUTE LA NUIT À ME CREUSER LES MÉNINGES, MAIS RIEN NE M'EST VENU À L'ESPRIT.
SI ON CONTINUE COMME ÇA, ON NE VA PAS POUVOIR TENIR LES DÉLAIS.
VOUS AVEZ FAIT UNE NUIT BLANCHE POUR RÉDIGER CES NOTES ?
JE PEUX Y JETER UN COUP D'ŒIL ?
SI VOUS Y TENEZ...
OUI, JE N'AI PAS FERMÉ L'ŒIL ET C'EST TOUT CE QUE J'AI RÉUSSI À PONDRE. JE SUIS SÛR DE NE PLUS AVOIR UNE SEULE CELLULE AMOUREUSE DANS MON CORPS.
SSHH
COMMENCER PAR FAIRE ATTENTION AUX PLUS PETITS DÉTAILS.
ÉTREINDRE LES SENTIMENTS ET LE CŒUR
ÉTREINDRE...
HUM... UN PORTABLE QUI ÉTREINT LE CŒUR DES GENS... RIEN QU'À LIRE CES MOTS, ON RESSENT DE LA TENDRESSE.
MAIS LE PROBLÈME, C'EST DE POUVOIR TRANSPOSER CES MOTS CLÉS DANS UN CADRE PUREMENT TECHNOLOGIQUE.
ON NE PEUT PAS NON PLUS SE PERMETTRE DE BALANCER DES CONCEPTS AU HASARD...

AH, MONTREZ-MOI AUSSI CE QUE VOUS AVEZ ÉCRIT, CHAN-YANG.
TING
TING
MOI NON PLUS, JE N'AI PAS GRAND-CHOSE...
OH ?
QU'EST-CE QUE ÇA VEUT DIRE ?
HEIN ? QUOI DONC ?
TAP
TAP
VOUS AVEZ ÉCRIT "C'EST SI AFFECTUEUX, SI AFFECTUEUX".
"ET TA CHEVILLE ? ET TA BOSSE À LA TÊTE ? TU AS MAL DORMI ? TU M'ATTENDAIS ? C'EST SI AFFECTUEUX, SI AFFECTUEUX !"
PLIC
?!
PLOC
MAIS...
AAARRGH
MAIS CE N'EST PAS...

HUM... MAIS C'EST PAS MAL DU TOUT ! DU POINT DE VUE D'UNE FEMME, IL ME SEMBLE QUE CES MOTS PEUVENT TRÈS BIEN SONNER COMME UNE PREUVE D'AMOUR.
CE N'EST PAS CE QU'ON APPELLE AUJOURD'HUI LE STYLE "TSUNDERE" ?
EN VÉRITÉ, LES HOMMES NE SAVENT PAS TRÈS BIEN QUELS GENRES DE MOTS PEUVENT PARAÎTRE TENDRES OU AFFECTUEUX POUR UNE FEMME.
NON... JE N'AI PAS NOTÉ CES MOTS PARCE QUE JE LES TROUVAIS AFFECTUEUX...
EN FAIT, ÇA ME FAIT PENSER À UN VRAI DIALOGUE ENTRE AMOUREUX, COMME DANS L'APPLICATION "DIALOGUE AVEC MON JOURNAL".
CE N'EST PAS POUR ÇA QUE JE LES AI NOTÉS, JE VOUS DIS...
HWIP
NON, NON ! CE N'EST PAS ÇA, SEUNG-MIN ! VOUS N'Y ÊTES PAS DU TOUT !!
OUI, DES PAROLES AFFECTUEUSES, QUI NOUS VIENDRAIENT NATURELLEMENT... MÊME S'IL S'AGIT D'UNE INTELLIGENCE ARTIFICIELLE, SI ELLE POUVAIT NOUS DEMANDER DES TRUCS COMME "TU AS MANGÉ ?", "TU PARS TRAVAILLER ?", "COMMENT TU TE SENS AUJOURD'HUI ?"...
ROAAAAR
OUPS !
MAINTENANT QUE J'Y PENSE...
VOUS N'AURIEZ PAS UN FAIBLE POUR LE STYLE "TSUNDERE" ?
CES NOTES SONT JUSTE BONNES POUR LA POUBELLE !! JE VAIS REDOUBLER D'EFFORTS ET ESSAYER DE SORTIR QUELQUE CHOSE DE PLUS PERTINENT !!
SEUNG-MIN !
SCRAAATCH

BRRR
CH… CHAN-YANG… EST-CE QUE VOUS ÊTES FÂCHÉE PARCE QUE JE VOUS AI TAQUINÉE ?
BRRR
MAIS NON, QU'ALLEZ-VOUS CHERCHER ?
C'EST JUSTE QU'À FORCE DE VOUS ÉCOUTER, JE SUIS À NOUVEAU GONFLÉE À BLOC. J'AI LA FERME INTENTION DE REVENIR VERS VOUS AVEC UN CONTENU BEAUCOUP PLUS ADAPTÉ.
C'EST… C'EST ENTENDU. NOUS AVONS ENCORE LE TEMPS, ALORS FAISONS DE NOTRE MIEUX !! MOI, JE FILE, J'AI UN RENDEZ-VOUS À L'EXTÉRIEUR… ON SE VOIT TOUT À L'HEURE AU REPAS D'ENTREPRISE !
ELLE… ELLE FAIT TROP PEUR…
BRR
WHOOSH
BRR
AAH… S'IL N'ÉTAIT PAS MON SUPÉRIEUR, JE L'AURAIS TRAÎNÉ DANS LA RUE ET…
TU VAS VOIR COMMENT JE VAIS TE LES ARRANGER, TES CÔTES !
JE ME SUIS COUVERTE DE RIDICULE ! JE SUIS SÛRE QUE M. NAM N'A PAS RATÉ UNE MIETTE DE CE QU'ON S'EST DIT TOUT À L'HEURE !!
IL DOIT SE DOUTER QUE ÇA PARLAIT DE LUI… COMMENT VAIS-JE POUVOIR LE REGARDER EN FACE, À PRÉSENT ?!

SI JE CROISE SON REGARD, IL VA SANS DOUTE SE DONNER DE GRANDS AIRS...
C'EST TOI QUI...?
ZYEUTE
HEIN ?
MAIS... QUAND EST-CE QU'IL EST PARTI...?
SSHH
EST-CE QUE TU AS LE CŒUR QUI PALPITE ?
BABOUM
?!
BABOUM
EUH...

CHAN-YANG ?
AAAAARGH !!

MAIS DIS-LE FRANCHEMENT QUE TU EN PINCES POUR MOI !
NON ! JAMAIS DE LA VIE !

À SUIVRE DANS LE TOME 2 !

An Hour of romance

KIM MYEONGMI

À la suite d'une malédiction, une directrice marketing et son subordonné maladroit échangent leurs corps malgré eux pendant une heure chaque jour !

Ju an est une femme ambitieuse totalement accro au travail, qui dirige son équipe d'une main de fer. Lorsqu'on lui impose Dojin, un beau gosse maladroit au cœur pur, c'est loin d'être l'amour fou. Pourtant, la vie de ce duo improbable va être bouleversée suite à un voyage d'affaires : dans un temple, un moine les lie par un enchantement. Les voilà obligés d'échanger leurs corps pendant une heure chaque jour ! Nos deux héros doivent alors coopérer pour sauver leur réputation !

Une romance fantastique au bureau… L'autrice de *Qu'est-ce qui cloche avec la secrétaire Kim ?* bouscule les genres !

SÉRIE EN COURS

KBOOKS

SI JAMAIS VOUS DÉCOUVREZ CE MANHUA À PARTIR DE LÀ...
BIEN...
TAC
JE VAIS VOUS DÉSHABILLER MAINTENANT.
JE SAIS QUE LA SITUATION POURRAIT PRÊTER À CONFUSION.
VSH
MAIS, CETTE SCÈNE N'EST...
PAS DU TOUT CE QUE VOUS IMAGINEZ.

MA VOITURE ÉTAIT UN CADEAU DE FIN D'ÉTUDES.
PRÉPAREZ LE POPCORN.
ILS SE DISPUTENT ENCORE.
OUPS
TSS
NE ME DIS PAS QUE TES PARENTS NE T'ONT RIEN OFFERT ?
TSS
LE MEILLEUR DIVERTISSEMENT !

Take me, I'm Yours Vol. 1

Directeur de collection : Pascal LAFINE
Coordinatrice : Lina LIANG
Supervision éditoriale : Léna PANZANI
Relecture-correction : Victoria JUILLARD
Maquette et lettrage : Adèle HOUSSIN
Conception graphique : Yohan JULIEN

Ce volume contient les épisodes 01 à 15.
Dépôt légal : octobre 2024
ISBN : 978-2-38288-076-0

Imprimé et relié en septembre 2024
par Aubin Imprimeur, à Ligugé, en France

Groupe Delcourt - KBOOKS -
8 rue Léon Jouhaux 75010 Paris

www.editions-delcourt.fr

KBOOKS